太阳与铁

三島由纪夫

Mishima Yukio

［日］三島由纪夫 著

吴艳 译

天津出版传媒集团

天津人民出版社

果麦文化 出品

目录

太陽と鉄

在太阳与铁的帮助下，
我学习了一门外语，
学会了肉体的语言。

太阳与铁[1]

最近，我开始感到有诸多积压在心底的东西，难以用小说这一客观的艺术形式来表达。我已经不是二十岁的抒情诗人了，首先声明，我也未曾做过诗人。于是，我开始摸索适合自我表白的体裁，并发现了一个微妙暧昧的领域，它是一种处于自我告白与批评之间的中间形态，说起来应该称之为“隐秘的批评”。

如果把自白比作夜晚，批评比作白昼的话，这个领域就介于二者交界的黄昏地带吧，恰如黄昏一词的词源“那边是谁”[2]所表现的那样。当我说到“我”时，并不是那个在严格意义上从属于我本人的“我”，我说出口的话并不是所有都会回流到我的内心，其中会有某些没有归属也不会回流的残渣，对那些残渣我才称之为“我”。

当我思考那样的“我”究竟是什么的时候，我不得不承认这个“我”实际上完全吻合我所占据的这一肉体的领域。而我一直在寻找“肉体”的语言。

如果将自己比作房屋的话，那么我的肉体就像环绕着这座房子的果园。我既可以悉心耕耘这片果园，也可以放任不管，任其杂草

1　1965—1968年在季刊杂志《批评》上连载。

2　日语中的“黄昏”源于“那边是谁”一词，原指薄暮昏暗的傍晚时分对不远处之人是谁的询问。

从生。这是我的自由，但这种自由并不是很容易领会的自由，因为还有很多人甚至将自家的庭院称为“宿命”呢。

一次，我突发奇想，开始辛勤地耕作这片果园了，用到的是太阳与铁。取之不尽用之不竭的太阳光和铁制的锄锹，成为我耕作中最重要的两个要素。就这样，随着果园中慢慢结出果实，肉体也就占据了我思维的大部分。

毋庸置疑，这并不是发生在一朝一夕间，也不可能是毫无契机就开始的。

仔仔细细反复回忆我的幼年时代，会发现对我而言，语言的记忆可以追溯到远比肉体的记忆更久远的地方。世上一般人都是肉体的到来先于语言，但对我来说，首先是语言的到来，过了许久之后，肉体才勉为其难地跟进，而此时它已经形成了一副唯心的姿态。很明显，这副肉体早已被语言侵蚀了。

先有本色的原木柱子，然后白蚁才会来蛀蚀。但我的情况是，先有白蚁，之后才慢慢出现了已被白蚁蛀蚀掉大半的原木柱子。

请不要责怪我用白蚁之类来称呼我赖以谋生的语言。由语言来创造艺术的本质，就像创作铜版画时要使用硝酸一样，是基于其腐蚀功能，我们就是利用语言腐蚀现实的这种功能来创作作品的。不过，这个比喻还不太准确，由于铜版画中的铜和腐蚀它的硝酸都是从大自然中提取出的同等的元素，与此相比，不能说语言像硝酸对应铜一样，对应着现实。因为语言是将现实抽象化之后，用以连接我们认知的媒介，所以语言对现实的腐蚀作用，必然也包含了侵蚀其自身的危险。就像胃酸过多反而会把胃本身消化、腐蚀掉一样。我觉得这个比喻应该更恰当一些。

这种事情在一个人年幼时就已经发生了，这话说出去也不会有多少人相信吧。

不过，对我来说，这就是真实发生在我身上的一幕，它为我预备了两个完全相反的倾向。一个是忠实地推进语言的腐蚀作用，并决心将它当作自己的事业；另一个是渴望在没有任何语言干预的领域想方设法走进现实。

在正常发展的过程中，即使是天生的作家，这两种倾向也不会互为相反而是互相协调，于是语言的磨炼会产生对现实的显著而灵验的重新发现，达到这种可喜结果的情况也不在少数。但是，这毕竟是“重新发现”，前提是在他人生之初，其肉体的现实还未被语言的现实所污染的情况之下。不得不说这与我的实际情况有所不同。

小学的写作课老师对我充满空想的作文感到不满，在作文中我没有使用任何对应现实的语言。年幼的我似乎无意识中就预想到了一种微妙而又能保持其纯洁性的语言法则，为了专门将语言仅用于积极的腐蚀作用，而避免消极的腐蚀作用……简而言之，就是为了保持语言的纯洁性，最好尽可能地避免通过语言去直面现实……也就是说，最好只动用积极腐蚀作用的触角，小心翼翼地避免与应该腐蚀的对象突然碰撞……我想这可能就是我所领悟到的吧。

另一方面，这种倾向产生了一种必然的反作用，我公开承认只有在语言完全不干预的领域内才存在着现实与肉体。这样现实与肉体对我来说就成了同义词，成了一种迷恋的兴致对象。不知不觉间，我的确将自己对语言的关注诉之于这一兴致，而这种迷恋与我对语言的崇拜是准确对应的。

在第一阶段，很明显我把自己放置在语言一侧，把现实、肉体、行为放置在另一侧。我的确是通过这种故意形成的二律背反来助长自己对语言的偏见，但的确在这一过程中，对现实、肉体、行为的强烈误解就这样形成了。

二律背反是在我本身不拥有肉体、不拥有现实、不拥有行为的前提下成立的。诚然在人生之初，我的肉体虽然姗姗来迟，但我已经预先准备了语言来迎接它，而由于我的第一种倾向，导致了我可能一开始便没有将其当作“我的肉体”来认知。若我承认那是肉体的话，我将丧失自己语言的纯洁性，成为被现实侵蚀的人，而现实已经是不可回避的了。

有趣的是，我之所以顽固地不愿承认它，是因为一开始在我的肉体观念中便潜藏着某种美丽的误解。我并不知道男人的肉体是绝不会作为“存在”显露出来的，在我的认知中，它诚然应该是以“存在”显现出来的。肉体相对于存在来说是个可怕的悖论，它是拒绝存在的一种存在形态。因此当它露骨地呈现时，我便像遇见了怪物似的，狼狈不堪，而我推测这也许是我一个人的例外。我难以想象别的男人、所有的男人都是这样狼狈的。

虽然这明显是从误解中产生的，但这种狼狈与恐怖却另外又虚构了“应有的肉体”和“应有的现实”，这也是在情理之中吧。我做梦也未曾想到，拥有拒绝存在的肉体是男人肉体的普遍存在方式，而我就这样在虚构“应有的肉体”时，尝试着给予其一切都与之截然相反的性格。于是，自己这种例外的肉体存在也许就是通过语言的观念性腐蚀而创造出来的吧。因此“应有的肉体”和“应有的现实”一定要避免语言的干预。这种肉体的特征仅在于它的造型美与它的沉默无语。

而另一方面，我认为假如语言的腐蚀作用同时也营造了它的造型作用的话，那么那种造型的标准也只能是这种“应有的肉体”所拥有的造型美，语言艺术的理想便在于对这种造型美的模仿……也就是说，在于对现实的追求，而那现实是绝不会被腐蚀的现实。

这是一个很明显的自我矛盾，即企图从语言中去除其本质性作用，从现实中抹杀其本质性特征。不过，从另一方面来说，为了完全杜绝语言与作为其对象的现实相遇，这应该是最巧妙且狡诈至极的方法。

就这样，不知不觉间，我的精神便分裂形成了自相矛盾的两个方面。并且当我为了自身的方便，站在虚无的神明的立场上开始企图操纵这两方时，我开始了小说的创作。于是，我对现实和肉体的渴望便越发强烈了。

过了很久之后，在太阳与铁的帮助下，我学习了一门外语，学会了肉体的语言。它是我的第二语言，是我具备的一种教养，我现在想谈谈这一教养的形成。它可能会成为一部无与伦比的教养史，也可能会成为世上最为难解之事。

年幼时，我看过轿夫们抬着神轿走街串巷的样子，他们处于酩酊大醉的状态里，一脸难以形容的放肆表情，头向后仰着，更有甚者将脖颈完全靠在神轿的木杠上。映射在他们眼中的究竟是什么呢？这一谜题曾让我的内心感受到深深的困惑。我无法想象在那般强烈的肉体痛苦中所看到的令其陶醉的幻影，究竟是什么呢？因此，这一谜题便长久地占据了我的内心。过了很久，直到我开始学习肉体的语言之后，自己亲自去抬那神轿，终于，我才有机会得以解开幼时的谜题。结果我明白了，他们只是在仰望着天空而已。他们的眼中没有任何幻影，只有那初秋无与伦比的蔚蓝天空。但是，这天空可能是我一生中再也没有见过的不同寻常的蓝天。我本以为天空会被撑得高高的，没想到转瞬它就会以掉入深渊的姿态开始坠落，并动摇不已，澄明与疯狂交织于同一片天空。

我即刻便将这种体验写进了一篇短小的随笔中，因为对我来说，这实在是一次极为重要的体验。

因为那时候，我通过自己充满诗意的直观所看到的蓝天，与普通的巷口青年眼中的蓝天是一样的，毫无疑问我们是站在同一地点上，我们具有同一性。这样的瞬间，正是我期待已久的，而它也正是太阳与铁的恩惠。为什么无须怀疑其同一性呢？那是因为我们固定的肉体条件是相等的，彼此承载着一定量的肉体负担，体味着等量的痛苦，经受着同样的酩酊大醉。既然如此，个人感觉上的差距由于受到无数条件的制约，最大限度地变小了……而且，若几乎排除了因为麻药产生的幻想之类的内观性要素……所以我所看到的绝不是个人的幻觉，而必定是某个明确的集体性视觉的一部分。我那充满诗意的直观，是在之后，即通过语言来回忆并重新构思时才成为了特权，而当我看向摇曳的蓝天时，我的视觉触及到了行为者激情的核心。

并且，那蓝天像张开双翼的凶猛巨鸟一般，时而下降，时而高飞，我在这摇曳的蓝天中，看到了自己长久以来称作“悲剧性的东西”的本质。

在我对悲剧的定义中，我认为最平均的感性在某一瞬间拥有了使人无法靠近的特权性的崇高感时，此时便产生了悲剧性的情感。而当奇特的感性夸显其特权时，是绝不会产生悲剧的。因此，从事语言工作的人虽然可以创作悲剧，但却无法参与其中。并且，那种特权性的崇高感需要严密地以一种肉体的勇气为基础。悲剧性东西所包含的悲壮、陶醉、明晰等要素产生于一个瞬间，那是拥有一定肉体力量的平均感性与为自己预备好的特权性相邂逅的瞬间。在悲剧中，需要反悲剧性的活力与无知，尤其需要某种“不相称”。在有些时候，人要想具有神性，那么在平时就绝不能是神或类似神的存在。

于是，当我也看见了只有轿夫才能看见的、那种异常神圣的蓝天时，我才相信了自身感性的普遍性，我的渴望得到了治愈，而我那对于语言机能的病态迷信也得以消除。这时，我才参与进了悲剧当中，参与进了完整的存在当中。

正是有了这样的一次见识，我才理解了大部分我不知所以的事情。运用肌肉轻而易举地便弄清了被语言神秘化了的事物。这就同人们理解情欲的意味相似。我逐渐懂得了存在和行为的感觉。

如此一来，虽然较他人稍晚了些，我所摸索出的道路也不过与他们一样。但是，我还有我另外的自成一统的企图。若一种观念浸入蔓延到我的精神中，这种观念又使我的精神不断膨胀，进而占据我的精神，即使发生这种情况，在精神世界也不算特别罕见之事。但逐渐对肉体和精神的二元论感到厌烦疲倦的我，内心理所当然会涌现这样的疑问：为什么这样的事情会在精神内部发生，而在精神外缘结束呢？当然精神性的郁闷会导致胃溃疡，这种身心相连的实例是众所周知的。而我所考虑的不仅仅如此。如果我幼时的肉体首先以被语言侵蚀过的观念性形态出现的话，那么现在反向利用它，不是可以将一种观念所及之处，从精神波及肉体，乃至肉体全部都变为以该观念的金属所打造成的盔甲了吗？

原本这种观念就拥有理应归结于肉体观念的性质，如同我在悲剧的定义中也陈述过的那样。于是，在我脑海中，我认为比起精神，肉体可能更具有高度观念性，可以更亲密地融入观念。

因为对于人类存在而言，所谓观念本来就是一种异物。肉体充满了不随意肌、无法控制的内脏和循环系统，而对于精神而言，肉体就是异物。肉体与观念都是异物，而人甚至可以将肉体当作观念的比喻来加以描述。于是，一种观念的巧妙来袭，甚至会让人从一开始便觉得像命中注定会被赋予的东西一样，因此它将与每个人天生的肉体越来越相似，就连那无法控制的自动机能也会变得与肉体极为相似。基督教道成肉身[1]的思想就依据于此，有些人的手掌和脚背上甚至都会出现圣痕。

但是，我们的肉体是有一定限制的，即使某种过激观念想要在我们的头脑里生出一对厉害的犄角，那犄角也不会自己长出来，这是自明之理。这一限制最终将归结于调和与均衡，它可能会给予最平均的美和一定的肉体资格，让那肉体足以看得到那摇晃的蓝天，并仅仅以此告终。此外，这种限制可能也会发挥对异常过激观念的复仇与修正功能吧。于是，它总会将我带回那“无可置疑其同一性的地点”。因此，我的肉体是一种观念的产物，同时亦可能成为隐蔽观念自身的最好伪装。如果肉体达到无个性的完美和谐，那么个性一定会永久地被关在禁闭室中。我原本就认为有些肉体上的个性是极为丑陋的，比如体现精神偎慵堕懒的大腹便便或体现精神过度发达而瘦骨嶙峋的单薄胸膛等。但我也知道有些人自身是喜爱这些肉体个性的，这不禁让我感到震惊。我觉得这就像把精神的私处暴露于肉体之外的厚颜无耻的行为。这类自恋是我唯一无法容忍的自恋倾向。

且说，那种由于渴望而产生的肉体与精神相背离的主题，在相

1　道成肉身：基督教的根本教义之一。基督教认为耶稣基督是圣父、圣子、圣灵三位一体中的第二位格，即圣子。因世人皆犯罪而无法自救，上帝遂差遣其独生爱子来到世间，通过童贞女玛利亚由圣灵感孕，取得肉身而降世为人，作为救世主拯救世人，故称道成肉身。

当长一段时间内持续存在于我的作品中。而我却想要慢慢远离这种主题，因为我开始认为“肉体本身也有它固有的道理，或许还有它固有的思考”，并且开始感受到“肉体的特征不仅仅是造型美和沉默无语，肉体肯定也有其特有的饶舌之处”。

但是我现在如此论述这两种思考的演变，别人无疑会觉得我索性是从常识出发，迈向了非逻辑性的混乱之中。其实毋宁说在近代社会，肉体与精神的背离是一种普遍现象，对此鸣不平是任何人都会接受的主题，但“肉体的思考”“肉体的饶舌”之类的感觉性的蠢话，是谁也无法认可的。别人可能觉得我就是用这样的措辞来掩饰自己的混乱的。

不过，当我把对现实和肉体的崇拜以及对语言的崇拜，当作彼此准确对应之物置于同一等级时，可以说我的发现早已有所预见了。将充满造型美的无言的肉体，与模仿造型美的优美的语言相对应，由此把它们作为从同一观念中产生出的两种东西置于相同等级之时，可以说我不知不觉间就已经从语言的咒缚中解放了出来。因为这就承认了无言肉体的造型美与语言的造型美属于同一起源，意味着开始追求类似肉体和语言能够同格化的柏拉图式的观念，在这一阶段，尝试对肉体进行语言的映射，已是近在咫尺、触手可及了。当然这种尝试本身是一种非常有悖于柏拉图式的试验，不过要想开始讲述有关肉体的思考与饶舌，我只需要经历一次就已经足够了。

那么要论述它，首先必须从我与太阳的初次邂逅开始讲起。

虽然这样说很奇怪，但我确实有过两次与太阳邂逅的经历。我会与某人命中注定般地相遇，并且之后终生难以分离。但在这之前，对方没有注意到我，我也几乎处于无意识的状态下，可偶然的一瞬，我便在某处邂逅了这位重要人物。我与太阳的相遇就是如此。

我第一次在无意间邂逅太阳，是在1945年战败的那个夏天。那是一轮酷烈的太阳，照耀着象征战时与战后分界线的茂盛夏草。（这分界线只不过是一道正在坏掉的铁丝网，一半被埋没在夏草中，而且朝四面八方东倒西歪。）我沐浴着阳光行走在那烈日之下，但并不知道这对我有何意义。

那夏日的阳光十分灼热刺眼且挥洒均匀，沉沉地灌洒在万物之上。即使战争结束了，那里的草木也一如既往地浓绿茂密，被这白昼无情的阳光直射着，就像一抹明晰的幻影，随着微风轻轻摇曳。即使我的手指触及那些叶梢，它的光影也不会消去，这使我十分惊讶。

这同一轮太阳与那些已经消逝的时日、那些已经消逝的岁月，以及那些全然的腐败与破坏息息相关。当然，它也无疑一直灿烂地闪耀着，宛若在鼓舞着即将出击的飞机的机翼、如林的刺刀、军帽上的帽徽、军旗上的刺绣，然而它更多的是照耀那从肉体中汩汩流出的鲜血、伤口上爬满绿头苍蝇的躯体。它掌管腐败，主宰那些热带大海与山野间众多年轻人的死亡，最后统治着蔓延至地平线的广袤的红锈色废墟。

因为太阳从没有与死亡的意象脱离，所以我做梦也没有想到自己会接受来自太阳的恩惠。当然在此之前，战争时期的太阳也一直保持着光辉和荣誉的形象。而当时已经十五岁的我写下了这样的诗句：

即便如此，阳光也依旧照耀

人们赞美太阳

我却在阴暗的地穴里

躲避太阳　献出灵魂

我是多么热爱我那昏暗的房间，热爱摆满书本的桌边，热爱我的“地穴”啊！我是多么喜欢反躬自省，佯装思索，入迷般地倾听自己精神树丛中那纤弱的虫鸣声啊！

少年时代，敌视太阳是我唯一的反时代精神。我偏爱诺瓦利斯[1]式的夜晚和叶芝式的爱尔兰黄昏，也写下了有关中世之夜的作品。不过，以战争结束为界，我慢慢感到与太阳为敌反而是逢迎时代的时期逐渐到来了。

那段时期作家创作的或已问世的文学作品中，夜晚的思考是占据主导地位的。而与我的夜晚相比，他们的夜晚远非唯美性的，差别仅此而已。而且，比起稀薄之夜，时代更多地向浓重之夜致以敬意。少年时代，我那浸满全身、如蜜一般浓重的夜晚，在他们眼中似乎也是极为稀薄的夜晚。我渐渐地对战争期间自己坚信的夜晚失去了自信，开始思考自己是否始终都是属于推崇太阳的一方呢？说不定我就是如此。如果这是事实，那么我不禁怀疑，现在我依旧以太阳为敌，并且坚持自成一统的小小之夜，是否只是对时代的谄媚逢迎呢？

热衷夜间思考的人，毫无例外都有着涂了脂粉般暗淡无光的皮肤和衰弱的胃。他们企图用一种充满思想性的夜晚来包裹一个时代，

1　诺瓦利斯：1772—1801年。德国浪漫主义诗人、作家，著有《夜颂》《圣歌》等。

并且否定我所看到过的所有太阳，否定我所见识过的生与死。因为太阳与这两者都有关联。

1952年，我第一次到海外旅行，在轮船甲板上，我与太阳再次握手，进行了和解，这件事我已写进了其他文章中，便不再赘述。总而言之，这是我与太阳的第二次邂逅。

自此以后，我再也无法与太阳断绝联系。太阳与我的人间正道之意象结合在了一起。于是，它渐渐地灼烧我的肌肤，给我打上了作为它们种族之一员的烙印。

但是，从本质上说，难道思考不属于夜晚吗？难道语言的创造不是必然在夜晚闷热的黑暗中进行的吗？我依旧没有丢失彻夜工作的习惯，而我周边，仍有那些皮肤上清晰呈现出夜间思考痕迹的人。

再者，人们为什么要追求深度、探索深渊呢？思考为什么像测量锤，只专注于垂直下降呢？思考为什么就不能改变方向，向着表面，向着表面，不断地垂直上升呢？

包裹着人类以确保其身体造型存在的表面皮肤，只听凭感性支配被置之不理，它成了最被轻视的领域。思考一旦以深度为目标便会掉入望不到尽头的深渊；一旦以高度为目标，便会忽视难得的肉体形态，飞向同样望不到尽头的无垠天空的光明。我无法理解这样的运动法则。“表面”作为一个重要的边界，确保了我们的个体与形态，分隔开我们的内心世界与外部世界。思考无论是处于上方还是下方，如果追求深渊是思考的原则的话，那么思考在“表面”发现了某种深渊，却没有被“表面自身的深度”所吸引，我认为这是极其不合理的。

太阳唆使着我，让我将我的思考从内脏感官的夜晚深处拖曳至被明亮皮肤包裹着的肌肉隆起之处。它还命令我准备好新的住所，以便我的思考逐渐浮上表面时可以坚定放心地安顿下来。这个住所就是被阳光充分照射、绽放光泽的皮肤，就是敏感隆起的强劲肌肉。毋庸置疑，正是因为要求准备这样的住所、这样的置备作为先决条件，所以“形态的思想”“表面的思想”才没有得到众多知识分子的青睐而一命呜呼。

由病态的内脏所创造出来的夜晚的思想，几乎是在一个人没有意识到的过程中形成的，这个人并不知道是思想在先，还是内脏的微弱病兆在先。但是，肉体在肉眼看不见的深处慢慢地创造并管理着这一思想。与之相反，若是谁都可见的外表要创造并管理表面的思想，那么在进行思考的训练之前必须先进行肉体的训练。而一开始我被“表面”自身的深度所吸引时，便预料到自己需要进行肉体的训练了。

我知道只有肌肉才能确保这样的思想。谁会顾及病弱的体育理论家呢？即便认可一个人窝在书房摆弄那夜晚的思想，可当他面色苍白地谈论肉体时，不论他责难还是赞叹，都没有比他那苍白的嘴唇更为贫寒的东西了吧。我对这样的贫寒了如指掌，所以有一天，我突然想要自己也拥有一身发达的肌肉。

如此请注意，这一切都是从我的“思考”中产生的。通过肉体训练，将原本的不随意肌变质为随意肌。我相信思考的训练也可以带来这样的蜕变。肉体也好思考也罢，很容易陷入自动主义[1]。这是由于一种不可避免的倾向导致的，我甚至想把它命名为自然规律。但是，只要穿过小小的水渠便可以轻易地改变水流，这我已经经历

1　自动主义：超现实主义画家倡导的摆脱思想束缚，让意识得到表现的创作方法。

过多次了。

这里也有一个例子表明我们肉体和精神的共通性。在某一时间点，被某种观念统合起来的肉体和精神，倾向立即在当下形成一个“外表秩序”井然的小宇宙。这本是一种静止，却让人感觉像是活泼的向心运动。肉体和精神在这须臾之间便创造出一个小宇宙，这种创造功能与幻想的作用很相似。而我们生命中刹那的幸福感大多有赖于这种“外表秩序”。可以说这是一种生命的防卫机能吧，就像面对外部的混沌，刺猬把身体缩成一团那样。

今后可以想见，打破一个“外表的秩序”，创造出另一个“外表的秩序”，反过来利用生命的这种顽固的创造功能，以达到自己的目的，这并非无稽之谈。我立即将这一“思考”付诸行动。这种情况下的“思考”，与其说是“思考”，不如说是每天的太阳给予我的，每一天崭新的一个企图。

于是，在我的面前被放置了一块铁，一块灰暗沉重的、冰凉的、宛如进一步凝聚了夜晚精髓的铁。

从那一天起，铁与我有了长达十年之久的亲密交情。

铁的性质极为不可思议，它就像天平一样，在一侧每增加一点点重量，便将放置在另一边秤盘上的我的肌肉分量也增加一点点。仿佛这铁有义务与我的肌肉量之间保持严格的平衡一样。于是我的肌肉的各种性质逐渐变得与铁相似了。这一过程与“教养”的过程颇为相似，“教养”的过程是通过给予脑髓愈来愈困难的知性产物，从而将大脑改造得更为智慧。于是，人们一直对外在的、模范的、肉体的古典理想形态梦寐以求。教养的最终目的就在于此，这一点与古典主义教养的形成非常相似。

但是，事实上究竟是谁像谁呢？我不是已经尝试过用语言来模仿肉体的古典形态了吗？对我而言，美总是向后倒退。只有曾经存在或曾经应该存在的形态才是重要的。铁块通过充满微妙变化的操作，使得肉体内即将消失的古典性平衡得以恢复，并且它还发挥了使肉体退回到应有形态的作用。

几乎不被现代生活所需要的肌肉群，仍然是我们男性肉体的主要构成要素，但它的非实用性是显然易见的。就像大多数讲究实用的人不需要古典教养一样，隆起的发达肌肉也是没有必要的。肌肉逐渐变成了像古希腊语一样的东西。而要使这种死语起死回生，需要来自铁的教养；要想将这种死一般的沉默变为生动而丰富的语言，则需要铁的协助。

铁如实地指点了我精神和肉体该如何互相照应。也就是说，软弱的情绪与柔弱的肌肉相照应，伤感与松弛的胃、感性与过于敏感的白皙皮肤，这些都是各自相互照应的。所以隆起的发达肌肉与果敢的斗志、紧张的胃与冷静的理性判断、强韧的皮肤与刚毅的个性，也应该是相对应的。为了慎重起见，要提前说明的是，我并不想说一般人都是这样的。根据我有限的观察，有些人拥有隆起发达的肌肉，内里却隐藏着一颗怯懦的心，这样的例子不胜枚举。只是如前所述，对于我来说，语言先于肉体到来，所以果敢、冷静、刚毅等语言唤起的诸多品性的表象，无论如何都必须作为肉体的表象呈现出来。因此在我自己身上，作为一种教养的形成，若是被赋予了这样的肉体特性就好了。

并且对我来说，这种古典特性形成的尽头，潜藏着浪漫的意图。在少年时代，浪漫主义的冲动便已经在我体内暗自流动，这种冲动只有作为一个古典完成的破坏者才有意义。但它就像序曲一样，包含了全部曲目的各种主题，在我体内蓄势待发，从我一无所得之时，便描绘了一幅决定性的构图。换言之，虽然我深深地怀有对死的浪漫冲动，但作为它的容器，则被严格要求拥有古典的肉体。从不可思议的命运观来看，我相信自己对死亡的浪漫冲动并没有实现的可能，理由很简单，就是我不具备这肉体上的条件。为了浪漫主义式的悲壮死亡，必须要有强劲的、雕像般的肌肉。若是以柔软的赘肉直面死亡的话，可想而知那场面只会有滑稽的违和感。十八岁时，我一边向往着自己早逝，一边又觉得自己与早逝不相称，因为我欠缺适合戏剧化死亡的肌肉。让我的生命得以幸存到战后的，实际上就是这种不相称。而这点让我浪漫主义式的自尊心深受伤害。

尽管如此，这些观念上的纠葛，都只是一个仍旧一无所得之人在序曲中的纠葛。我终究会得到某些东西，然后摧毁某些东西，这样就足够了。而给我提供这路径的正是铁块。

很多人在形成知性时，到达一定程度便满足了。对我来说，在这里我还必须察觉到知性绝不会以温和的教养体现出来，它只是被赋予了资格而成为一种武器、一种生存手段。于是，为了我的教养，必须要进行肉体锻炼。可以说这就像只拥有肉体作为其生存手段的人，临近青春终了，才开始要盲目胡乱地学习掌握知性教养一样。

且说，通过铁，我学到了有关肌肉的各种知识。这是书籍和世故绝不能给予我的最新鲜的知识。肌肉是一种形态，同时亦是一种力量，肌肉组织的各个部分细微地分担其力量的方向性，宛如肌肉制成的光一样。

有一种形态是包含力量的形态。这一观念最适合成为艺术作品的定义，它是我在内心早已描绘过的。并且它还必须是光辉灿烂的

"有机的"作品。

这样创造出来的肌肉，既是客观存在又是作品，二者兼具。反过来说，它甚至带有某种抽象性。不过它有一个命中注定的缺陷，那就是由于它与生命的接触过于紧密，最终必须随着生命的衰退而衰退，随着生命的消亡而消亡。

关于这一不可思议的抽象性，我之后再做论述。对我来说，肌肉具有一种最为理想的特性，即一种与语言的功能完全相反的功能。这一点，只要思考一下语言的起源就明白了。语言最初作为一种普遍的、情感和意志的通用手段，如同原始的石头货币那样，在一个民族间广泛地普及流传。在没被众人的手摸脏之前，它是大家的共有物。因此，它也只能表达人们共通的感情。但是渐渐地，随着人们开始将语言私有化、个别化，以及稍显随意地使用之后，语言的艺术化也就开始了。首先这种语言会捕捉我的个性，试图将我禁锢在个别性之中，它就像成群的羽虱朝我袭来。不过，虽然我被袭击，全身遭到侵蚀，但普遍性既是敌人的武器也是敌人的弱点，我可以反过来利用普遍性，将自己的个性语言来推向普及并取得了一些成功。

但这成功是"我与大家不同"的成功，在本质上是与语言的起源和发祥背道而驰的。再也没有什么东西比语言艺术的光荣更奇怪的了。乍看之下它是朝着普遍化前进，但它实际上却在盘算着如何巧妙地背叛语言所具有的最根本的功能，即普遍合理性。所谓文学上文体的胜利，就意味着这样的东西。像古代叙事诗这类的综合性作品另当别论，而被冠上作者之名的文学作品便是一种美丽的"语言的变质"。

所有人看到的蓝天，神轿轿夫们一同看到的那神秘的蓝天，原本就是可以用语言来表达的吗?

正如我之前所述，我最深的疑问就在这里。通过铁，我在肌肉上发现的就是这种一般意义上的光荣，就是所谓“我和大家一样”的一种光荣的萌生。由于铁的残酷压制，肌肉将逐渐丧失它的特殊性和个性(它们都是从衰退当中产生的)，而肌肉越发达就越容易开始带有一般性和普遍性的样态，最终会达到相同的模型，达到难分彼此的相似形态。这种普遍性没有被悄悄地侵蚀，也没有被背叛，可以说这才是最令我高兴的特性。

在那里，像这样眼睛看得见、手也能触摸到的肌肉，开始有了独自的抽象性。与语言相比，肌肉的本质是缺乏交流，而一般的抽象性是交流的手段，所以肌肉不可能会拥有抽象性。但是……

在夏日某天，我走到通风良好的窗边，给因锻炼而发热的肌肉降降温。汗水很快蒸发，肌肉表面掠过一阵薄荷般的凉爽。那一刻，肌肉的存在感瞬间从我体内被拂去。就好像语言用它的抽象作用将具体的世界咬碎了，于是让人感觉语言也因此消失了一样，现在我感到我的肌肉也真切地咬碎了一个世界，咬碎之后，肌肉也如同不存在了一般。

那时，肌肉咬碎的是什么呢?

肌肉咬碎了我们通常盲目相信的所谓存在感，并将它变成了一种透明的力量的感觉。这正是我称之为抽象性的东西。正如铁的使用过程已再三暗示的那样，肌肉和铁的关系是相对的，就像我们与世界的关系一样。换言之，力量如果没有受力对象，就不能成为力量，这种存在感是我们与世界之间的基本关系，在这一点上，我们依赖着世界，我依赖着铁。于是，就像我的肌肉与铁越来越相似一样，我们也被世界不断塑造着。无论是铁还是世界，它们自身并不具有存在感，而我们在不知不觉间就因愚蠢的类比产生了错觉，认为铁和世界也拥有存在感。如若不然，好像就无法找到我们自身存在感的依据。阿特拉斯[1]肩上扛着地球，而渐渐地，他也会把那地球视为自己的同类吧。就这样，我们的存在感追寻着它的感觉对象，并且只能寄宿于虚假的相对世界里。

诚然，当我举起一定重量的铁块时，我就能够相信自己的力量。我冒着热汗，急促呼吸，为了寻求力量的证据而奋斗。这时，力量既属于我自己，同时也属于铁。我的存在感得到了自我满足。

但是，当肌肉离开铁时便陷入了绝对的孤独，让人感到那隆起的形态只不过是为了与铁的齿轮相咬合而被制成了齿轮形状而已。凉风一过，汗水蒸发……还有同时消去的肌肉的存在。……但是，肌肉在这时发挥了最本质性的作用，它以肉眼不可见的坚硬牙齿，咬碎了人们所相信的、模棱两可的、具有相对意义上的存在感的世界，并将这世界变成了一种力量的纯粹感觉，这种力量的感觉不需要任何对象且无比地透明。在那里，甚至连肌肉也已不复存在，而我就处在如透明的万丈光芒一样的力量感的正中央。

这种力量的纯粹感觉，不管通过书籍还是理性分析都绝不可能捕捉到，而我在其中发现了与语言真正截然不同的相反之物是理所当然的吧。

换言之，它逐渐成为我的思想核心。

尝试改变各种说法来描述一个模糊的主题，思想的形成便是由

1　阿特拉斯：希腊神话中的巨人神，在与奥林匹斯众神的战斗中被打败，并受罚支撑着天空。

此开始的。钓鱼人试用各种鱼竿，剑道家试着挥舞各类竹剑，从而发现哪种器具的尺寸和重量适合自己。与此同理，思想形成之时，也要变换不同的说法，以各种各样的形式去表达某种尚未明确的观念。最终，当找到适合自己的“尺寸”和“重量”时，便是掌握了思想，拥有了思想。

当我体会到力量的纯粹的感觉时，我便有了一种预感，觉得那无疑会成为我的思想之核心，一股难以形容的喜悦之情奔涌而来。而当我将其作为一种思想掌握之前，内心抱有一种期待，想要与它尽情嬉戏一番。这种嬉戏指的是，妨碍时间的拖延和凝固，同时也在思想形成过程中不断进行各种尝试，通过多种尝试之后，重新回到纯粹的感觉，然后将这思想确定下来。就像狗得到了一块骨头，虽然受到骨头散发出的来自香饵本质上的气味诱惑，但它会尽可能延长受诱惑的时间，来与骨头嬉戏玩乐。

对我来说“尝试换一种说法”，就是指拳击、剑道，关于这一点过后再谈。如果换一种说法来表现力量的纯粹感，当然就是迎击拳头一闪或面对竹剑一击的力量。因为在拳头一闪或竹剑一击的前方的东西，才最能有效证明肌肉所释放出的看不见的光芒。这是一种尝试性的探究，探究存在于肉体感官所及之处的前方，仅一纸之隔的前方，亦可称之为“终极感觉”的东西。

在那里，的确有“某种东西”隐藏在一无所有的空间里。即使拥有力量的纯粹感觉，也只能到达距离它面前一步之遥的地方。何况知性和艺术性直观呢，它们连距离它十步、二十步远的地方都望尘莫及。诚然，艺术或许可以通过某些形式来“表达”它吧。但是表达需要媒介，语言便是这种媒介，而我认为语言的抽象作用会妨碍一切，所以表达这一行为本身就是可疑的，所以起步于表达的人，是不可能因为表达就获得满足的。

对语言的诅咒，一定会考虑到表达这一行为在本质上的可疑性。我们使用语言，然后衍生出希望，希望表达那些“难以形容的东西”，而为什么在某些情况下我们会成功呢？文体会形成语言的绝妙排列，当这种排列极度唤起读者的想象力时，便会发生那种成功的现象，而那时读者和作者都是想象力的共犯。于是，这样的共犯操作，使作品这种“东西”里没有的“东西”存在，然后人们就将其称为创造并感到满足。

在现实中，语言原本是作为一种理性的作用，被用来整理具象世界的混沌，并携着抽象功能这一武器登场亮相。而表达的本质，是反过来利用语言的抽象作用，只运用语言将具象的物的世界呈现在眼前，就宛如逆行的电流一般。与之呼应的是，我前文也叙述过的，即一切文学作品都是一种美丽的“语言的变质”。所谓表达，就是避开事物，然后创造事物。

因为想象力这一词汇的存在，不知有多少懒惰者得到了认可。让肉体保持原样，灵魂为了无限地接近真实而逃离肉体，这是一种不健全的倾向。想象力这一词汇又是如何美化了这种倾向啊。对于他人肉体上的痛苦我们感同身受，这是想象力多愁善感的一面，因此人们是多么想避开自己肉体上的痛苦啊！而且，对于难以衡量其价值高低的精神苦恼，想象力又是多么同等地将其高尚化了啊。于是，这种想象力的越权，与艺术家的表达行为结成了共犯关系，这时，作品这一“东西”的虚构便由此而产生，诸如此类的“东西”大量介于其间，这就反过来扭曲并修正了现实。最终，人们便只能接触到虚影，未必再敢亲近自己肉体的痛苦了吧。

隐藏于拳头一闪、竹剑一击的对面的东西，处在与语言表达完全相反的一端，而通过感受到其中存在的某种极为具体之物的本质、实在[1]的真髓，也可以明白这一点。在任何意义上，那都不是虚影。在拳头的对面，竹剑尖锋的对面，“实在”倏然抬起了头。它是无条件拒绝抽象化的（连抽象化的具体表现也全部拒绝）、有效的。

正是在那里才蕴藏着行为的精髓、力量的精髓，如此说它也是因为那种“实在”极易被称作为“敌人”。

敌人与我都居住在同一个世界上，我观望的时候，敌人也在观察我；敌人观望的时候，我也在观察他，并且相互对峙时不借助任何想象力的媒介，彼此都属于行为和力量的世界，即“被观察”的世界。在任何意义上，敌人都不是一种观念。因为为了抵达某种“观念”，我们要一步一步爬完语言表达的阶梯，由于一味地专注于观念，我们甚至可能看不到光明，而观念绝不会回看我们，与我们对视。我们每次在向外观望的一瞬间，一般来说总是会被回以对视，在这样的世界里，我们并没有被赋予语言表达的余暇。表达者的位置必须是在这种世界之外。如此一来，这个世界整体都不会回看表达者，因此，表达者便被赋予余暇，能够观察并且用语言慢慢地进行抒发表达。但他绝对无法探究到那个“回看的实在”的本质。

隐藏在打出一拳、挥出一剑时一无所有的空间内，目不转睛与我们对视的敌人，才是“物体”的本质。观念绝不会给予回应，物体才会回看我们。在语言表达的彼岸，透过所获得的虚构之物（作品），应该看到观念在摇曳；在行为的彼岸，透过所获得的虚拟空

1　实在：哲学上指现实存在的事和物，指客观确实独立存在的东西，以区别于通过思维、想象等纯属主观产生的东西，亦指事物的本质存在。

间（敌人），应该看到物体在晃动。而且对于行为家来说，那物体就是在没有想象力这一媒介的情况下，逐渐逼近的死亡的姿态，就好比对于斗牛士来说，那就是黑色的公牛。

尽管如此，如果它不是出现在意识的极限情况下，我无法轻易相信，而作为意识的肉体保障，我也隐约感到它只是在受苦。在痛苦中确实存在某种光辉，它与潜藏在力量中的光辉有着深刻的亲缘关系。

所有行为动作的技巧，如果没有经过反复训练从而达到无意识的境界，就不会发挥任何效力，这是任何人都要经历的。但是，我感兴趣的方式与之多少有些不同。也就是说，一方面，在肉体 = 力量 = 训练这条线上，赌上了我对意识的纯粹实验的积极性；另一方面，在通过完全渗入体内的无意识的反射作用，使肉体发挥最高技术的瞬间，赌上了我对肉体的纯粹实验的热情，只有这两种相反赌注的吻合点，即意识的绝对值和肉体的绝对值紧密相连的连接点，在我看来才具有真正的魅力。

由麻醉药或酒精产生的意识混乱，并非我由衷所愿。我只想在意识清醒的情况下，对其探究到底，探究意识会在哪个不为人知的点上转化为无意识的力量。这样一来，作为一个将意识维系到最后的切实的证人，应该到达痛苦的极致了吧。诚然，意识与肉体的痛苦之间存在着相互联系，而作为将肉体的痛苦维系到最后的切实的证人，没有比意识更好的了。

也许痛苦往往是处于肉体当中的意识的唯一保证，是意识的唯一肉体表现。随着肌肉和力量的具备，在我的内部，渐渐地萌生出一种积极受苦的倾向，越发深切地关注肉体的痛苦。不过，请不要认为这是想象力的作用，因为这是我用自己的肉体从太阳与铁那里学会的。

不论是拳击手套还是竹剑，在击打的瞬间，与其说是对敌人肉体的直接攻击，不如说越准确地攻击对方，越感觉自己受到了还击。这点，大概很多人都有所体会。因为自己的出击、自己的力量，使得空间产生一个凹陷。这时，敌人的肉体准确地填补了这个空间的凹陷，形成与此凹陷一模一样的形态时，便击打成功了。

那么，为什么会有那种感觉？为什么这种击打会成功呢？那是因为在时间和空间上都选择了正确击打的时机。因为这一选择、这一判断，从抓住敌人瞬间暴露的可乘之隙开始，在看见那空隙显现之前，便已直观到它了。这种直观是自己不知道的某种东西，是在漫长的锻炼过程中才能领会到的东西。若是等到看见之后再出手的话，便为时晚矣。换言之，若是等到那隐藏在剑锋前方的空间中的某个东西形成一种形态之后，再出击就晚了。必须在它成形的瞬间，就已经准确无误地陷入我们指定并创造好的空间的凹陷中。这才是格斗比赛中胜利的瞬间。

在锻炼肌肉的过程中，力量创造出形态，同时形态也创造出力量，而这一缓慢的进程，在战斗正酣之时，以肉眼看不见的迅猛速度反复进行着。力量的放射像光一样，它相继使得形态崩坏，又不断塑造出新的形态。我见识过正确的美丽形态击败不正确的丑陋形态，形态的变形中必定存在空隙，从那里放射出的力量光线则是杂乱的。

敌方战败时，虽然他的失败是因为让自己的形态陷入我所指定的空间凹陷而导致的，但这时我仍须继续保持自己形态的正确和优美。并且，形态本身必须是要像雕塑一般的东西，这种雕塑由具有极度可变性、柔软无比、几乎处于流动状态的物体在瞬间绘制而成。

就像水的不断流动保持住喷泉的形状一样，力量光线的持续，也必须绘制出一个影像来。

于是，付出如此漫长的时间所经受的太阳与铁的磨练，就是创造这种流动性雕像的作业，而这样锻炼出的肉体则在完全严格的意义上是属于生命的。既然如此，在每一瞬间的光辉中，都将承载着它全部的价值。正因为这样，人体雕像才会以不朽的大理石纪念一瞬间的肉体的精美。

因此，死亡就紧挨在面前，拥挤在那一瞬间精美之后的下一个瞬间。

我觉得自己确实逐渐抓住了从深层次理解英雄主义的头绪。将一切英雄主义视为愚蠢滑稽之物的犬儒主义中，必定存在肉体的自卑感的影子。肯定是自认在肉体上不符合英雄条件的男人，才会对英雄发出嘲笑。在这种情况下，语言表达只是普遍地、一般地操纵着假装的逻辑，它没有表现出笔者的肉体特征（至少在一般人看来，没有表现出来），这是何等不诚实啊！一个男人自身拥有足以称之为英雄的肉体资格，而我不曾从这样的人口中听到过对英雄主义的嘲笑。犬儒主义一定与薄弱的肌肉或过多的脂肪有所关联，而英雄主义和强大的虚无主义则与饱经锻炼的肌肉有所关联。因为所谓英雄主义毕竟是一种肉体的原理，并且归结于肉体的强壮和死亡的破坏这二者的对照之中。

要想粉碎自我意识捕捉到的滑稽，只要有肉体的说服力就足够了。因为优秀的肉体总是悲壮的，丝毫不存在滑稽的东西。但是，最终从滑稽中拯救出肉体的，正是健康而强壮的肉体所具有的死亡要素，肉体的品格必须靠它来支撑。如果斗牛士的职业与死亡毫无关系的话，那么他那身华丽优雅的衣裳该是何等的滑稽啊！

不过，想要运用肉体探索终极感觉时，胜利的瞬间往往只是肤浅的。所谓敌人，所谓“回看的实在”，最终的所指正是死亡。如果没有人能战胜死亡，那么所谓胜利的光荣也仅仅是纯粹的现世的最高荣光而已。而若是这种纯现世的光荣，利用语言艺术的力量，我们未必不能获得与之类似的东西。

但是，优秀的雕像，例如德尔斐[1]的青铜驭手像，这些不朽的作品完全如实地刻画出了胜利瞬间的光荣、骄傲、腼腆。而这些作品中所呈现的，是那死亡的身影，它正向着这尊胜利者的雕像步步逼近。它同时象征性地提示了雕刻艺术的空间性限度，暗示了人生达到最高荣光时，面对的只有衰退。雕刻家，这样评说他们未免太过傲慢，他们其实也只想捕捉生命的最佳瞬间。

若肉体的严肃性和品格只存在于其蕴含的死亡要素中，那么到达那里的捷径，就该暗暗地通向痛苦之中、受苦之中、作为生命确证的意识持续之中。于是，若是发生激烈的死亡痛苦和隆起发达的肌肉这两者巧妙结合的事件，那只能认为这是基于宿命的美学要求而发生的。不过，众所周知，宿命极少会听取美学的要求。

虽说我少年时代并非不知道各种肉体上的痛苦，但是由于少年那混乱的头脑和过度敏感的感性，我将肉体的痛苦与精神的痛苦混杂在了一起。扛着三八式步枪从强罗到仙石原，再翻过乙女岭到达富士山麓的原野，这样的行军对一个中学生来说确实是异常艰苦的，而我在这样的受苦过程中，只一味地发现了被动的精神痛苦。在我身上，缺乏一种主动寻求并承受痛苦的肉体的勇气。

1　德尔斐：与奥林匹亚齐名的古希腊圣地，主要供奉着“德尔斐的阿波罗”，是信仰太阳神阿波罗的中心地。

受苦作为勇气的证明，是遥远的原始的成年仪式的主题，而一切的成年仪式也是死亡与复活的仪式。人们已经忘记了勇气，尤其是忘记了肉体的勇气之中，隐藏着意识和肉体之间的深刻矛盾。乍看之下，意识仿佛是被动的，行动的肉体才是“果敢”的本质，但在肉体勇气的剧本中，它们的角色实际上是相反的。肉体一味地退向自我防卫的功能，只有清晰的意识掌管着肉体的决断，这种决断就是放飞肉体的自我放弃。意识清晰的极限是自我放弃的最强动因。

承受痛苦往往是肉体勇气的任务，换言之，所谓肉体的勇气是理解并想要感受死亡的嗜欲之源，它才是认识死亡的能力之首要条件。书房里的哲学家无论怎样反复思考死亡，若他无缘肉体的勇气——对死亡的认识能力的前提，那最终他可能连死亡本质的一鳞半爪都掌握不了。事先声明，我说的是“肉体的”勇气，所谓的知识分子的良心啦勇气啦，都与我说的无关。

尽管如此，在我生活的这个时代，竹剑早已不是剑的直接象征，神速拔出的真剑也只不过斩一斩空气而已。剑道凝聚了一切男子气概的美，但这男子气概在社会上早已是无用之物，在这一点上，与只依据想象力的艺术没有太大差别。我憎恶这样的想象力。对我而言，剑道必须不容许一切想象力的介入。

梦想家是最憎恶在梦想过程中形成想象力的人了，我想深知这点的嘲弄者们，可能会暗中嘲笑我的自白吧。

但是，我的梦想总有一天会成为我的肌肉。在那里生成、在那里存在的肌肉，允许他人的想象力随意发挥，却已经不容我自己的想象力从旁干涉了。我迅速地获知了被围观者的世界。

如果肌肉的特质就是成为他人想象力的饵料，而自己不拥有一切想象力的话，那么我就想进一步在剑道中寻求一种给自己和他人都不留有想象余地的纯粹行为。有时我觉得这个愿望能够实现，有时也觉得它难以达成。但无论如何，那就是战斗、奔跑、呐喊的力量。

沉重、暗淡、匀称、静止的肌肉群是如何知道行为中的狂热瞬间的呢？我热爱那不论处于怎样的精神紧张当中，也不停止如涓涓细流般流动的清冽意识。意识之银是名曰狂热的赤铜的后盾，而我早已无法把这认作是只有我才有的知性特质。那是使得狂热成为狂热的真正缘由。因为我开始相信强劲的肌肉才是我意识清晰的根源，那肌肉被静静地、出色地塑造完成，并且总是默不作声。练剑道出击时，偶尔打不中对方防具，会给肌肉带来疼痛，而这疼痛会立即催生出压制它的更加强韧的意识；在迫切呼吸的痛苦中，产生了出于狂热的克服意识……我就这样不时地窥见了死亡的太阳，那是与长期赐予我恩惠的太阳不一样的另一个太阳，是充满阴郁的激情之火的另一个太阳，它绝不会灼烧人的皮肤，而是拥有更为异样的灿烂。

而且，对于知性而言，第二个太阳在本质上远比第一个太阳危险得多。那种危险比任何东西都让我感到愉悦。

那么，我在其间是怎样与语言打交道的呢？

我已经使得我的文体与我的肌肉相得益彰，因此文体变得灵活自如，类似脂肪的装饰被剥落，而肌肉性的装饰即便在现代文明中也已是无用之物，但为了威信与美观，这种装饰仍然是必要的，并且被精心维持着。我不喜欢只有技能性的文体，如同我不喜欢只有感觉性的文体一样。

然而，那是一个孤岛，与我的肉体是孤立的一样，我的文体也处于孤绝之界。它不是一种接受的文体，而是一味拒绝的文体。我最注重礼节，喜欢像冬天武士宅邸门前铺设的台阶板一样的文体。

毋庸置疑，这种文体日渐背离了时代的流行。我的文体多用对偶，具备凛凛的古式庄严，并且也不乏高雅气度。无论走到哪里都保持着典礼式的庄重步伐，穿过他人寝室时也是如此。我的文体总是像军人那样昂首挺胸，并且蔑视他人或驼着脊背，或斜着身子，或屈着膝盖，更甚者晃着腰板的文体。

我并非不知道在这世上存在着不乱其姿势就看不见的真实，但是那种事任凭他人为之就行了。

我在心中，开始暗暗企图得到艺术与生活、文体与行为伦理的统一。如果文体与肌肉和行为规范相似的话，那么它的功能显然就是对想象力的放肆加以抑制。结果，被抛弃的真实便不值一提了。并且，即使这一文体脱离了陷入混沌与暧昧的恐怖和战栗，我也不介意。我决定只采用真实中一定的真实，无意网罗所有真实。敢于抛弃软弱丑陋的真实，对于想象力的沉溺给人带来的病态影响，则要留意以精神上的一种外交辞令，与之进行交涉。而轻视它的影响或等闲视之显然是很危险的。肉眼看不见的想象力的病态伏兵，说不定什么时候就会从建成一排的文体城墙外，向内发起卑劣的夜袭。我夜以继日地站在城墙上看守警戒着。在夜晚无边无际的广袤原野上，偶尔有一丁点儿的红色火焰燃起，那火焰就像信号一般，我以为它是篝火。果然，不多久那火焰便熄灭了。文体作为我的防御武器，用以对抗想象力及其幕后的感性。无论是陆地上，还是海洋上，如果是海洋上的话，二级大副彻夜值班看守的紧张感正是我对文体的要求。我最讨厌被打败。自己受到侵蚀，被感性的胃酸从内向外烧烂，最终失去轮廓，整个融化、液化，并且包围着自己的时代和社会也变得如此，此时再让文体与之配合一致，还有比这更大的失败吗？

而讽刺的是，众所周知，所谓艺术作品就是从这样的战败和精神死亡中，造就出杰作的。退一步说，即使承认这种杰作是艺术的胜利，那它也是没有经过战斗的胜利，是艺术独特的不战而胜。胜利也罢，败北也罢，我所追求的是战斗本身，不战而败不是我心中所想，更何况不战而胜呢。另一方面，我熟知所有战斗在艺术中的虚伪性质。如果我无论如何也想要战斗的话，那么我必须在艺术上建立防御堡垒，在艺术外发起进攻；在艺术上我必须是一名优秀的守卫兵，而在艺术之外我必须是一名优秀的战士。我的生活目标，就是取得作为一名战士的各种资格。

我曾经认为并且向他人说起，正是在战后这样一个所有价值都颠倒的时代，才应该复活“文武两道”的古老德行。而之后不久，我便失去了对它的关心。渐渐地，随着我开始从太阳与铁那里掌握（不仅仅是用语言描绘肉体）以肉体描摹语言的秘诀，在我体内，两极性保持了平衡，就像直流电流给交流电流让位一样。我的结构装置从直流发电机变成了交流发电机。并且，将绝对无法相容的东西、逆向交错流动的东西隐藏在了自己内部，乍看之下，似乎要使自己分裂得越来越厉害，而实际上是构思了一种机制，能够在每一个瞬间创造出不断被破坏却又重新复活的灵动的平衡。这种对两极化自我的包容，经常在自己内部配备了相互抗衡的矛盾和冲突，这才是我的“文武两道”。

我觉得于我而言，一直以来对文学相反原理的关注，就这样才终于变得有所收获了。对死亡燃烧般的渴求，与厌世和精神萎靡绝无关系，反而同充沛的力量和生命顶峰的绚丽以及战斗的意志有所关联，而若是“武”之原理存在于此，那么再没有比它更相反于文学原理的吧。所谓“文”之原理就是，死在不断被压制的同时也作为动力被暗中利用，力量一味地被献给虚妄的构筑，生命总会被保留、被贮存、被适度地与死亡调和在一起，被施以防腐剂，被消耗在保持着令人毛骨悚然的不朽之艺术作品的制作上。不如这样描述更为合适，即所谓“武”就是与花一起凋谢，所谓“文”就是培育不朽之花。而所谓不朽之花，也就是假花。

这样，所谓“文武两道”就是兼有凋谢之花和不败之花，将人性最相反的两种欲求以及实现这欲求的两种梦想兼于一身。于是会发生什么呢？如果一方是实体，则另一方就必须是虚妄，所谓通晓双方的本质、熟知其根源、保守其秘密，就是一方悄悄地破坏另一方的最终梦想。也就是说，“武”将自身当作实体，认为“文”为虚妄时，它会将自己实体的最终证明权限交与虚妄之手，在企图利用虚妄的同时又将梦想寄托于此，就这样写成了叙事诗。另一方面，当“文”把自身当作实体，认为“武”为虚妄时，它最终会站在自己虚构世界的顶峰，再次梦想那虚妄，它不得不注意到，自己的死亡已不被虚妄支撑，在自己工作的实体身后，即刻跟随着作为实体的死亡。那是造访终于没有生命之人的可怕的死亡，不过，它最终可以梦想，非此类死的死亡存在于那作为虚妄的“武”之世界里。

所谓对这一最终梦想的破坏，就是知晓两个秘密，一方面知晓“武”所梦想的虚妄之花，最终只不过是假花而已；另一方面知晓“文”所梦想的被虚妄支撑的死，也不是什么特殊恩宠的死亡。换言之，在“文武两道”中，一切梦想的救济都会被断绝，原本不应该互相道破的一对秘密，让彼此看清了对方的真面目。必须要将死之原理和生之原理的最终破绽拥于一身，且从容处之才行。

人能够活在这样的理念之上吗？不过幸运的是，“文武两道”采取的那种绝对性的形态是极为罕见的，好吧，即便这种理念会实现，也会在瞬间便结束。因为，这种相互违背的一对最终的秘密，即使以不安的形式不断被意识到或预感到，但是直到死亡也是无法得到证明机会的。身兼“文武两道”之人死亡的瞬间，正是其“文武两道”那无可拯救的理想企图实现的瞬间，这时，总会有某一方会背叛这种理想吧。将他束缚在这种理想化的毫不留情的认识中的，就是生命本身的力量。因此，在死亡近在眼前之时，他也许就会背叛这种认识吧。否则，他是无法耐受住死亡的。

但是，在我们活着的时候，可以同任何认识玩笑嬉戏。这证明运动中时时刻刻的死亡，以及死亡之后再次复活的爽快。不断濒临破灭同时所得到的平衡，才是认识上的胜利。

我的认识总是处于困倦状态，所以只有面对相当困难且几乎不可能完成的命题时，它才会表露出兴趣。倒不如说，能吸引它的只有危及认识本身的危险的游戏以及那之后的爽快淋浴。

一个胸围一米多的男人是怎样感受围绕着他的外界的呢？我曾经将自己的一个认识目标放在了这个问题上。这对于认识而言，显然是一个无能为力的课题。因为，认识大多是以感觉和直观为线索拨开并进入黑暗的，而在这种情况下，认识的线索被全部剥夺，认识的主体在我这方，全面的存在感觉的主体则被转让给了对方。

可以试想，所谓胸围一米的男子的存在感，其本身必须是涵盖整个世界的全面性的东西。而这个男子作为认识的对象，对他而言，他以外的一切（也包括我）都需要变身为其感觉性外界的客体。在这样的条件下，若不进一步使涵盖性的认识逆向行之，那么就无法把握其正确的形象。换言之，这与想要搞清外国人的存在感是如何的一样，而这种情况下，我们只有援用人类或普遍人性的更加具有涵盖性、抽象性的概念，以假设性的评价标准来进行衡量测定。但那毕竟不是严密的认识，只不过是把终归不可得知的要素原封不动地搁置一旁，而通过其他共通的要素加以类推的做法而已。这使得问题被岔开，“真正想知道的事物”被保留了下来。如若不然，想象力就会强出风头，用各种各样的诗和幻想来装饰对手吧。

不过，突然之间，一切幻想都消失了。无聊的认识只追求不可理解的事物，之后，突然间，这不可理解就支离破碎了……那个胸围一米多的男人原来就是我自己。

曾经以为待在彼岸的人们，早已和我待在同一岸上。谜题已经不存在，谜题只在于死亡。而这样没有谜题的状态绝不是认识的胜利，因此我认识上的骄傲被深深打击，别扭不满的认识再次变得困倦，再次开始出卖自己，委身于曾经那般憎恶的想象力。而唯一永远属于想象力的，正是死亡。

然而，有什么不同呢？发动夜袭的病态想象力、带来那性感的放肆的感性沉迷的想象力，它的根源全部在于死亡的话，那么光荣的死与这样的死有什么不同呢？浪漫的死与颓废的死又有什么不同呢？文武两道那苛刻的无可救济可能会告诉你，它们归根到底都是同样的。并且还会告诉你，不论是文学上的伦理还是行为上的伦理，只不过是为了抵抗死亡与忘却的徒劳无功的努力而已。

如果说它们有所不同，那所谓的不同终究会归结于，有无将死亡当作“可见之物”的所谓名誉观念，以及有无基于这种观念的在死亡形式上的美丽形象，即迈向死亡情境下的悲剧性，迈向死亡的肉体之美。于是，与人在出生时上天给予的不平等与幸运与否的巨大差别一样，人注定在“美丽的死亡”这一问题上存在着不平等和幸运与否。不过，古希腊人一味地希望无论是出生还是死亡都是美丽的，美丽地活着美丽地死去，而现代人几乎不再拥有这样的渴望，因此这种不平等也就被淡化了。

男人为什么只有通过壮烈的死亡才能与美有所牵连呢？在日常性方面，盛行着一种小心翼翼的社会性的监视，监视男人绝对不要与美扯上关系。男人的肉体美如果仅限于美的话，就会被认为是无媒介的客体化而被蔑视贬低。男演员是一种总被他人观看的存在，而这一职业绝对无法获得真正的尊敬。男性被迫承受着关于美的如下严密规则。即，男性在平常绝对不可以容许自己的客体化，只有通过最佳的行为才可能被客体化，而那大概就是在死亡的瞬间，即使实际不被看见也允许“被看”的假设的客体化，作为客体的美只有这一瞬间才被认可。特攻队的美就是如此，那不仅是精神上的美，在普通男性看来，同样承认那也是极其肉欲的美。并且，造成这种情况的媒介是常人无法企及的壮烈的英雄性行为，因此在此情况下，无媒介的客体化并不成立。对于这种传播美丽的最佳行为的瞬间，无论语言怎样去贴近，它也只能停留于近似值，就像飞行物永远也达不到光速一样。

不，现在我想说的并不是关于美。谈论美就是渗透式地谈论一个问题，而我并不愿意采取这样的方式，我想要把各种各样的观念排列得像坚固的象牙骰子一样，然后再限定它们各自的作用。

我发现了想象力的根源在于死亡。毋庸赘述，我日夜都在担心想象力的侵犯而需要加固自己的防备。但我开始想要反过来利用它，利用这从少年时代以来就一直折磨我的想象力，并将其转变，用作我反击的武器，这是自然而然的吧。不过，在艺术上的工作中，我的文体已经到处筑起堡垒来阻止想象力的入侵，因此，如果我打算那样反击的话，就必须在艺术之外的领域进行。这正是我开始亲近

“武”之观念的开端。

我曾经是一个倚窗远眺，期待着不断有飞来横祸从远方蜂拥而至的少年。虽然凭借自己的力量是无法改变世界的，但我不由得期待世界从对面改变而来。对于少年人的不安来说，世界的改头换面是一件迫切需要的事，是每天的食粮，是没有它就无法生存的一种东西。世界改头换面这一观念，对于年少的我才是必需品，就像睡眠和一日三餐一样。以这种观念为基础，我培养了自己的想象力。

在那之后，世界既像是改变了，又像没有变化一样。即使世界变成了我所希望的那个样子，它也会在发生变化的瞬间，立即丧失其丰润醇厚的魅力。存在于我梦想尽头的，往往都是极端的危险与悲惨的结局，我一次都没有梦想过幸福。最适合我的日常生活，就是世界一天天地毁灭。而最让我感到难以生存、非日常性的，正是和平。

不过，我欠缺应对这种局面的肉体的准备。我露骨地表现出那不知道如何抵抗的感性，只是期待着变故的到来；而当它到来时，比起与之战斗，我更想要接受它。

直到很久之后，我发现这个最颓废的少年的心理生活，如果能够幸运地获得力量和斗志的支持，那么这样恰好可以类比武士的生活。这是一个不可思议的、令人眩晕的发现。在那一时刻，我把握了反向利用想象力的机会。

死亡是日常性的，并且这种不言自明的日常性生活，对我来说是唯一“自然的世界”，并且，这样的自然通过人工的构造最终也无法获得，反而通过极其非独创性的义务的观念能够轻易得到，如若这样的话，那么我将逐渐地被这种诱惑所吸引，企图将自己的想象力变成义务，没有比这更自然的发展趋势了吧。也许再没有比对死亡、危机和世界毁灭的日常想象力转化为义务的刹那，更耀眼的瞬间了吧。不过，为此必须要培养自己的肉体、力量、战斗的意志和战斗的技术，并且只需要利用和以前培养想象力相同的手段就可以了。之所以这么说，是因为无论是想象力还是剑，都是为亲近死亡所培养的技术，在这一点上它们是一样的。而且，这两者都是越锋利越会将自己引向毁灭方向的技术。

针对死亡和危机来磨炼想象力，和磨剑具有相同的意义。回想起来，这一职务早已从远方呼唤着我，而我可能只是因为无能和胆怯，才故意避开了。每日将死亡充斥于内心，向着应有的死亡收缩着每一个瞬间，把对最糟事态的想象力和对光荣的想象力置于同一位置……倘若如此，我把长久以来在精神世界里所做的事情转移到肉体世界就足够了。

如前所述，为了接受这种粗暴的转化，即使在肉体的世界，我也准备得万无一失，做好了一副随时都能够接纳的架势。我内心产生了一种“一切都可能回收”的理论。肉体随着时间每时每刻成长，又随着时间每时每刻衰败，它应该是被囚禁在“时间”里的犯人，既然证明了连这样的肉体都能够回收，那么，甚至“时间”本身也是可以回收的。产生这种想法也不足为奇。

对我而言，时间可以回收，就意味着曾经无法实现的美丽死亡即刻变得可能。而且我这十年间，学习了力量、受苦、战斗、克己，学会了带着喜悦接受那一切的勇气。

我开始梦想拥有作为一名战士的能力。

谈论无须任何语言的幸福，是一件相当危险的事。

可是，我想从上述内容应该很容易察觉，若要得到我称之为幸福的东西，就需要满足诸多极为麻烦的条件，履行极为复杂的手续。

我在那之后度过的一个半月的短暂军旅生活[1]，给我带来了各种各样耀眼的幸福片断，其中也经历过在看上去最没有意义、最不像军队的瞬间所体味到的幸福感。这种难以忘怀的充分的幸福感，我觉得无论如何也必须要将它写出来。虽然身处军队这一集体中，但这种无比的幸福感，就像迄今为止在我的人生中总是发生的那样，在我孤身一人时降临了。

那是5月25日，一个初夏美丽的黄昏。当时我从属于降落伞部队。那天训练结束之后，我独自一人去洗澡，走在回宿舍的路上。

黄昏的天空染上了蔚蓝和桃红，一片绿草地宛若翡翠一般熠熠生辉。在我行走的小路四周，散布着当年旧骑兵学校那古老而雄伟的令人怀旧的木造建筑。当年的兵马训练场如今变成了操场，当年的马厩如今变成了军营小卖部等。

我穿着一身运动服——当天第一次穿的白色棉布长裤、运动鞋和运动背心。那裤脚边已经被干掉的泥土给弄脏了，而就连这也给我带来了幸福感。

当天早上进行了降落伞操纵训练，洗澡之后我的手腕仍隐隐作痛。接着从距离地面十一米高的跳塔上进行跳伞训练，我第一次体验到将身体掷向空中的那种极其稀薄的感觉，就像糯米纸一样易破的透明感觉，其余韵仍残留在我的体内。之后就是体力循环训练和快跑，又深又快的呼吸变成了涣散的倦怠感蔓延至全身。枪支以及所有武器都近在咫尺。我的肩膀随时都准备好成为枪架。今天，我在草地上尽情地飞跑，身体被晒成了金黄色。并且，我站在十一米

1　三岛由纪夫曾于1967年4月12日至5月27日进入日本自卫队体验入伍。

高的跳塔上，看见地上人的影子，与他们的脚下清晰地结合在一起。而我预见下一瞬间即将落向那里的我的影子，与我的身体不是相连的，就像地面的黑色水坑一样孤立。于是我从银色的塔顶，纵身向空中跳跃。那一刻明显地，我从我的影子、我的自我意识中解放出来了。

我的一天尽可能地被肉体和行为占据了。有惊险，有力量，有汗水，有肌肉。到处盛开着夏日的青草，土路被微风扬起尘埃，夕阳渐渐西斜，我穿着运动长裤和运动鞋，极其自然地走过那里。这才是我所期望的生活。我尽情地沉浸于夏日黄昏的体育之美中，行走在古老校舍与草丛树木之间，这时我就像拥有了孤独和粗莽的体操教师的片刻时光一样。

这里似乎有着精神上的绝对闲暇，有着肉体上至极的清福。夏日、白云，还有课业结束后的天空那驱散了熙攘的空洞的蔚蓝，渗透在树木枝叶间隙的日辉泛出的忧愁之色，以及感到与这一切都很相宜的幸福，皆令我陶醉其中。我确实存在着。

这种存在手续又是何等复杂！其中诸多物神崇拜的观念对我来说，不通过任何语言，与我的肉体和感觉直接地结合在了一起。在那里什么都不缺，军队、体育、夏日、云彩、夕阳、夏草的翠绿、白色体操服、尘埃、汗水、肌肉，甚至极其微量的死亡气息，一应俱全。这幅拼图一块木片也不缺。我完全不需要其他人，因而也不需要语言。这个世界是由天使般的观念的纯粹要素组成的，夹杂物一时都被放逐到了远方，宛如夏日灼热的肌肤感受到冲凉的冷水一样，充满了与世界融为一体的无边的喜悦。

也许我称之为幸福的东西与人们称之为危机的东西位于同一个

地方。因为我不通过语言与之融合，从而感受到幸福的世界，也就是悲剧的世界。当然在那一瞬间悲剧尚未形成，但这个世界孕育着一切悲剧性因子，也蕴藏着毁灭，那诚然是一个没有“未来”的世界。而完全取得了栖身于此的资格之后的那种喜悦，显然就是我幸福的根源。我也感受到不是通过语言，而只是一味通过肉体的教养才获得了那世界的通行证，而这就是我骄傲的依据。只有那里是我可以自由呼吸的世界，是一个完全欠缺日常性、完全没有未来的世界。而这世界正是那战争结束以来，我焦灼不安地不断寻求的东西。语言是绝不会给我带来这样的世界的，不仅如此，它只会鞭策我要我远离那里，一定远离那里。因为，无论多么毁灭性的语言表达，都只是属于艺术家的“日常工作”而已。

这是何等的讽刺啊！说到底，在那样一个没有所谓明天、完全以悲剧告终、热牛奶的奶皮覆盖在装满奶的茶碗边上的那个时代，我并没有被赋予喝完那牛奶的资格，经过此后漫长的磨炼，当我取得足够的资格归来时，牛奶早已不知被谁喝光了，冰凉的茶碗早就见了底，而此时我已年逾四十了。并且，令我苦恼的是，能够治愈我干渴的，只有那早已被某人喝光了的热牛奶。

并不是一切都像我所梦想的那样，是可以回收的。时间到底还是无法回收的，但是想想看，我的生活方式是企图反抗作为时间本质的不可逆性，这样的生活方式，难道不是我在战后开始试图违背一切逻辑而活下去的最典型的态度吗？如果，正如人们所相信的那样，时间真的不可逆的话，那么此时此地，我还可能这样活着吗？我内心拥有足够的理由这样去反问。

我完全不承认自己的存在条件，而给自己安排了其他存在的手续。说到底，既然保障我存在的语言限制着我的存在条件，那么所谓“其他存在的手续”，无非就是主动投身于那语言唤起并放射出的影像一边；就是从用语言进行创作的人转变为被语言塑造的人；就是通过巧妙细致的手续，确保一瞬间的存在的影像。只有在短暂的军队生活中被选择的孤独的瞬间，我才得以存在，这诚然是合乎道理的。我的幸福感的依据，显然在于哪怕只是一瞬间，自己化身成了一个影像，而那影像是过去腐朽而遥远的语言投射出的影子所结成的。但是，保障这幸福感的早已不是语言。拒绝了由语言保障的存在而产生的存在，必须被别的东西来加以保障。而这别的东西正是肌肉。

自不必说，这种带来强烈幸福感的存在感在下一瞬间就瓦解了，而只有肌肉可以有效地避免瓦解。令人困扰的是，要认识到肌肉能够避免瓦解，仅凭存在感是不够的，自己的肌肉必须用自己的眼睛来看，但严格地说，“看见的东西”与“存在的东西”是相互矛盾的。

自我意识和存在之间微妙的悖理开始让我感到苦恼。

即如下所述。如果将看见的东西和存在的东西同一化，那么将自我意识的性格尽可能变为向心的东西，这是有利的。让自我意识的目光只管朝向内心和自我，使自我意识完全忘记存在的形态，那么人确实能够像阿米尔[1]日记中的“我”一样存在。但是换言之，那是一种奇怪的存在，就像透明的苹果一样，从外面就能完全看到果芯，而这种情况下的存在只有语言能够成为它的保障。这就是模范的、孤独的、人性的文学家。

1　阿米尔：1821—1881年。瑞士思想家、文学家。以三十多年真挚的自我内心反省记录《日记》而闻名。

但是，世上也有只与存在形态有关的自我意识。对这种自我意识来说，看见的东西与存在的东西之间的相互矛盾是确定无疑的。因为，这是一个问题，即苹果的果芯如何才能看到通常被不透明的红色果皮包裹的苹果的外侧呢？同时也是另一个问题，即从那光润的红色苹果外侧投来的目光，如何才能直接钻入苹果内部，成为它的果芯呢？而且，这样的苹果看上去必须是一种完全健康的、着上红色的、普通苹果的存在。

接着用苹果来比喻吧。这里存在着一个健康的苹果。如果这个苹果不是通过语言才存在的话，那么它就不可能像那位阿米尔的奇怪苹果一样，从外面就能看见整个果芯。苹果的内部应该是完全看不见的。于是，在苹果的中心，被果肉封闭着的果芯，在苍白的黑暗中失明，浑身战栗、焦躁不安，期望着无论如何可以亲眼确认自己是一个正经的苹果。按说苹果确实是存在的，但对果芯来说，会认为那存在并不充分，它觉得若是语言不能给以保证，那就只有由眼睛来保证。事实上，对于果芯而言，确切的存在样态就是存在并看见。但只有一个方法可以解决这个矛盾。那就是从外面用刀深深切入，将苹果分为两半，让果芯暴露于光线之中，也就是让它同那被切为两半而滚倒的红色果皮接受相同的光线。此时，苹果果真还能作为一个苹果继续存在吗？已被切开的苹果的存在陷于碎片之中，苹果的果芯为了看见，而牺牲了完整的存在。

当我知道，瞬间以后便瓦解的那种完整的存在感不是用语言，而是只能用肌肉来保障时，我已经背负着苹果的命运了。确实，我的眼睛可以在镜子中看见自己的肌肉。但只是看见的话，并不能触碰到我存在感的根本，我和那幸福的存在感之间仍然存在着无法测量的距离。如果不尽快消除这段距离的话，那恐怕就无望唤醒那种存在感了吧。换言之，被押注在肌肉上的我的自我意识，宛如苹果那失明的果芯一样，只是不满足于保障存在的东西就是自己周围挤满的苍白果肉所形成的一片黑暗。那自我意识被无端的焦躁所驱使，迫切地渴望得到存在的确证，甚至到了迟早必然会破坏存在的程度。这是没有语言，而只是观看所带来的强烈不安！

且说，自我意识的眼睛原本就是向心性地、习惯于通过语言这一媒介来监视不可见的自我，因此它并不会对肌肉这样可视的东西寄予充分的信任，它一定会这样对肌肉打招呼：

“的确，你好像不是一种假象。那么，让我看看你的功能吧。让我看看你生效、运作，发挥你原本的功能，实现你原本的目的吧。”

于是，按照自我意识的要求，肌肉开始活动。但为了让它的行动确实存在，在肌肉外还需要一个假想敌，而为了使假想敌确实存在，就必须冲着这边感觉的领域，给以足够让唠唠叨叨的自我意识闭嘴缄默的猛烈一击。那时，正是那被请求而来的敌人的刀子，向着苹果的果肉，不，是向着我的肉深深地扎了进来。血流了出来，存在也被破坏，大概是通过被破坏的感觉，存在才获得全面的保障，看见的东西和存在的东西之间相互矛盾的间隙才能被填满吧……那就是死亡。

如此，我便知道了，在军队生活中，某个夏日黄昏那一瞬间幸福的存在感，正是通过死亡才最终得到了保障。

当然，我也知道这一切都是预料之中的事，这种特别订制的存在的根本条件，无非就是“绝对”和“悲剧”。当我让自己承担语言的其他存在手续时，从那一刻起，死亡就已经开始了。因为无论语言如何悉心地进行破坏性的伪装，它都与我的生存本能有着深深的关联，它都属于我的生。本来，当我希望“活下去”的时候，我不是才第一次开始有效地使用了语言吗？使我能够长久活下去直至自然死亡的，正是语言，它就是“致死之病”的缓慢的病菌。

话说我之前已经论述过武士持有的幻想与我之间的亲近感，谈论过以下两种职务之间的共鸣，即磨炼对死亡和危机的想象力跟磨剑是一样的。而这都是以肉体为媒介，使得我精神世界中的所有比喻都成为可能。并且一切都与预想的一样。

即便如此，平时军队里释放出的那种庞大徒劳的印象，压制了我。有意地远离传统和荣耀，是日本非嫡系军队的不幸特质。当然，即便这种印象很大程度是来源于这种特质。

这正如给巨大的电池充电，不久它就因为徒然的自身放电而枯竭，于是又给它充电，充电放电的作业反复进行，电力永远也不能使用在有效用途上。为“一定会到来的战争”这一庞大的假设而奉献上一切，周密地编制训练计划，士兵们也勤学苦练，而一天天在风平浪静的空无中过去，昨日处于最佳状态的肉体，今日就略有衰退，年老的陆续被淘汰，年轻的不断补充进来。

我到如今才领会到语言的真正效力。语言要应对的对象正是这种处于正在进行状态的虚无。在等待不知何时会前来造访的“绝对”期间，虚无在进行着，并且不知它何时会结束，而这虚无才是语言真正的画布。如此说也是因为，语言会弄脏虚无，给虚无染色，就像现在仍用清澈河水漂洗的京都友禅印花染色[1]一样，语言会以无法再次染出的华丽色彩和图案为虚无着色，就这样，在一瞬、一瞬

1　友禅印花染色：一种染色花纹的样式及其技法，在丝绸等上面用写实的手法染出色彩绚丽的山水、花鸟等图案。

之间将虚无完全消耗，将其定格在那每一个瞬间，而语言结束这一切之后，留存了下来。语言结束于被说出口时，被写下来时。通过那种结束的积聚以及生命的连续感片刻、片刻的断绝，语言会获得些许力量。至少可以稍微减轻一些压倒性的恐怖感，即在等待“绝对”这一医生期间，候诊室那巨大的白色墙壁所施与的恐怖感。因为要每时每刻地弄脏虚无，所以必须不停地切断生命的连续感，在这种交换中，语言至少稍微起到类似于将虚无翻译成实质的作用。

即便这也是假设也罢，语言中显然具备使事物终了的这种力量。死刑犯所写的冗长手记就是一种咒术，它时刻企图用语言的力量，来结束可能超越人类忍耐极限的、漫长的等待光阴。

在我们等待“绝对”期间，经常直面处于正在进行时形态的虚无，这时，就只剩下选择某些尝试的自由了。总而言之，我们必须要进行准备。这准备被称为向上，可能是因为或多或少在人类中间隐藏着一种哀切的期望，即哪怕一点点也好，希望自己变得与那不久之后势必到来的、尚未谋面的“绝对”画像相称一些。最自然而公正的欲望，可能就是希望自己的肉体和精神都能够同等地接近那“绝对”的画像吧。

但是，这一企图必定会全面失败。因为，不管重复多么高强度的训练，肉体必定会慢慢走向衰弱；不论怎样累积语言的营生，精神也不会认识到“结束”。语言一点点地让事物终了，因此由于语言而丧失了生命连续感的精神，是分辨不出真正的结束的。

掌控这一企图，让它挫折和失败的，正是“时间”，而极少数的时候，“时间”会大施恩宠，将这个企图从挫折和失败中拯救出来。这就是所谓夭折的神秘意义，希腊人将其称为受众神宠爱者而羡慕不已。

然而，我已经失去了像清晨一样的充满年轻朝气的特有面庞，那早晨的面庞就是不论昨日陷入何等疲劳的淤积，只要过了一夜，天亮时分，仍然能够再次浮上水面充满活力地呼吸。很多人永远没有丧失一种粗野的习惯，将这样一张脸，将自己无意识的真实面庞暴露在了光辉灿烂的晨曦中。这是何等可悲！习惯依旧保留，而脸在一直变化。于是便不会察觉到，不知不觉间那张真实的面庞已经荒于思索和感情，变成了一张仍旧拖着昨日疲劳的面庞，就像拖曳着一条铁链一样；也不会意识到自己将那张脸暴露在太阳之下的无礼行为。人们就这样丧失了"男子气概"。

换言之，具有男子气概的战士的脸，必须是一张虚假的脸，因为它在失去了自然年轻的明朗之后，必须用某种政治学将其创造出来。军队很好地告诉了我们这一点。人们要看懂领会指挥官早晨的脸色，并迅速从中发现每天的行动准则，而那是一张隐瞒自己内心疲劳、在任何绝望中都足以鼓舞他人的乐观的脸；是一张不在乎个人悲伤、糊弄昨夜所做的噩梦、充满振奋的精神力量的虚假的脸。而只有这才是生气十足的男人们，对着朝阳充满礼节的脸。

在这一点上，失去青春的知识分子的脸，让我毛骨悚然。它们是何等丑恶，何等欠缺政治学啊！

我开始文学生涯时，所采取的方法与其说是如何表现自己，不如说是如何隐藏自己。这样的我不得不再次感叹于军队中军服的功能。伪装语言最好的就是肌肉，伪装肉体最好的就是制服。而且军服被缝制成的式样，是无论如何也不适合消瘦干瘪或大腹便便的肉体的。

再也没有比军服所概括出的个性更简单明了的东西了。身着军服的男人，仅凭穿着军服，就会单纯地被看作一名战斗员。不管这个男人的性格和内心如何；不管他是梦想家还是虚无主义者；不管是宽宏大量还是吝啬；不管那令人讨厌的精神空洞在他制服内里开了多么深的孔洞；也不管他充满了多么恶俗的野心，他只会单纯地被当成一名战斗员。有朝一日，这身制服会被枪弹射穿，会被鲜血染红。而这着实符合肌肉的特质，即自我证明必定会走向自我毁灭。

话虽如此，但我绝对不是一名军人。我清楚观察并深刻领会到，军人这一职业是极为技术性的职业，需要比任何其他职业都更为漫长而周密的教育期，并且为了不失去自己的暂时所学，是非常需要一刻也不松懈地积累锻炼，这就像钢琴家为了不丢失自己细腻的技巧而需要每天练习一样。

即使是极其无聊的任务，也是从至高无上的光荣下被命令颁布的，也是在某处通向死亡的，没有比这更能使军队彰显其耀眼光辉的了吧。与之相反，文学家只知道从自己了解得一清二楚的内部那些毫无价值的东西中，挑拣出自己的荣誉，并精心地将其打磨装饰。

我们拥有两种呼声，一种来自内部，一种来自外部。所谓来自外部的呼声，无非就是“任务”。如果内心在响应外部任务的同时，能与来自内部的声音完美呼应，应该说这才是无上的幸福吧。

虽已是五月，却依然飘着潇潇冷雨。某日午后，我听闻原定要在当天参观的无后坐定点步枪射击训练，因为下雨而中止了，便独自一人待在宿舍。这是一个在富士山麓的平原上，令人联想到冬日的略有寒意的日子。在这样的一天，都市的大楼一定从白天起就灯火通明，人们在埋头工作，每家每户的主妇在灯下做针线活儿看电视，同时心里思量是不是太早把暖炉收起来了。在普通的市民生活中，缺少一种不拿雨伞不管不顾地将人们拖拽到冷雨中的力量。

突然，有一位军官乘坐吉普车来接我，说是定点步枪射击训练要冒雨强行进行。

吉普车一个劲儿地在荒野间凹凸不平的道路上奔驰，车身摇晃得很厉害。

荒野里杳无人影，雨水形成的急流流淌在道路的斜坡上，吉普车在上下爬坡。视线被遮蔽，风越刮越猛，草丛都被吹得低伏了下来。冷冷的雨水从车篷缝隙毫不留情地击打我的面颊。

在这样的天气里，他能从荒野前来接我，让我感到很高兴。这是一项紧急的任务，是来自远方的强烈呼声，是从烟雨迷蒙的广袤荒野中传来的呼唤着我的声音，我回应着它，离开自己温暖的居所，风驰电掣般地赶路。这样的感觉是我很久没有体会过的狼的感情。

某种东西，就像要扒下我的衣服似的，在催促着我，把我从暖炉旁边拉走。它从世界的尽头前来迎接我（多数情况下，这与死亡、快乐、本能联系在一起），我对此感到高兴和振奋，没有任何不情愿和犹豫。当我出发时，所有安逸和日常性瞬间就被抛弃了。而我确实似乎在很久以前曾经体验过一次这样的瞬间。

只不过，从前传到我这里来的外部呼声，并没有准确地与内部呼声相呼应。我想那是因为我不能用肉体来接受外部的呼声，只能勉强用语言来接受它。当它被那张观念的繁琐织网捕捉时所产生的那种轻微痛苦，我确曾熟悉，但是，若以肉体为界，两种呼声相互应和时，会产生怎样根本性的喜悦呢？关于这一状况，曾经的我是全然无知的。

不久，像尖锐笛声般的枪声震响了。我注视着定点步枪朝着雨幕对面朦胧的标靶，不断调整误差的同时射击出的鲜艳的柑橘色曳光弹。之后的一个小时里，我都淋着雨坐在泥泞之中。

我又追溯到了另一个记忆。

那是在十二月十四日，晨光熹微中，我独自一人在国立竞技场的红土大跑道上跑步。其实这样的行为连虚构的任务都算不上，只能说是一种异想天开，但没有比这个时候更让我感到自己“极尽奢侈”了，也没有比这个时候更让我感到自己独占了黎明。

黎明时分的气温在摄氏零度。国立竞技场宛如一朵巨大的百合花，空无一人的看台好似巨大的、尽情绽放的、带有无数斑点的灰白色百合花瓣。

我只穿着运动背心和短裤在跑步，因此只觉得晨风刺骨，手也几乎没有了知觉。东侧的看台尚处在黎明的微光中，从那前面跑过，便令人感觉格外的寒冷。而西侧已有朝阳照射，也就容易忍受些。我已在四百米的跑道上跑了四圈，正在跑第五圈。

旭日在看台上方露出脸来，那灰白色花瓣的边缘仍旧遮挡着阳光，天空隐约残留着黎明不情愿的蓝紫色。而竞技场的东侧，寒冷的夜风还在依依不舍地怒号。

我一边奔跑，一边呼吸着刺鼻的冷风，同时闻到了大体育场的黎明所释放出的万般余香。看台上充满喧嚣和欢呼的余香、清晨寒冷空气中弥漫的越发强烈的运动用镇痛消炎药的余香、剧烈跳动的红色心脏的余香、坚定决心的余香，这些才是这个大体育场在夜间一直留存下来的、巨大百合的花香。而那红土跑道的砖红色毫无疑问就是百合花花粉的颜色。

跑着跑着，一个念头占据了我的心头，那就是黎明令人烦扰的百合与肉体的清净之间的关系。

这一形而上学的难解之题让我十分苦恼，因而使我忘却了不停奔跑的疲劳。这似乎是一个在深处与我自身有关的问题，并且与肉体的清净以及神圣的少年的伪善有关，大概也和遥远的圣塞巴斯蒂安[1]殉教的主题相关。

请留意，我没有谈及任何有关自己日常生活的内容。我只想就这样多讲几次自己所做的秘密仪式。

奔跑也是一种秘密仪式。它会直接给予心脏以非日常性的负担，洗去每日重复的情感。我的血液容不得哪怕几天的停顿。我不停地被某种东西驱使着。肉体已经不耐于安逸，不一会儿便渴求激烈运动而催促着我。我的生活就这样宛若整个人都在狂躁和怒骂中延续下去。每天从健身房到练武场，又从练武场到健身房。对我而言，只有每次刚运动完之后的小小恢复是胜于一切的慰藉。不停地运动、不停地兴奋、不停地从冰冷的客观性中逃脱出来，事到如今，若是没有这些秘密仪式的话，我便无法再活下去。另外自不必说，在这一个个的秘密仪式中，必定潜藏着些微死亡的模仿。

我不知不觉间，进入了一种阿修罗道[2]。年龄追踪着我，在背后暗中讥笑我：那能持续到什么时候？但是，既然健康的恶习早已如此牢牢地抓获了我，那么如果不是在那秘密仪式将我复苏之后，我是无法回到语言的世界的。

尽管如此，但在肉体和灵魂这种小小的复活之后，我并不是像履行义务一样，不情不愿地回到语言的世界，反而是为了能高高兴

1　圣塞巴斯蒂安：基督教圣徒、古罗马禁卫军队长，传说在三世纪前后，基督教教难时期被罗马帝国皇帝戴克里先下令乱箭射死，在文艺作品中，他通常被描绘成捆住后用乱箭射穿的形象。

2　阿修罗道：佛教六道之一。印度恶神阿修罗居住的世界，也是斗争不绝的世界。

兴地回到那里，无论如何都需要经过这样一种程序。

我对语言的要求变得越来越严格，也越来越挑剔。我避开了所有时髦热门的文体。也许我在不停地努力想要再次发现，像战争时代那般的、纯粹的语言城池。也许，在语言外部有某种东西在不断迫使我，而在语言内部，为了再次在语言之城中发现不受任何约束的、那种反论式自由的根据地，我想要用和过去所习得的相同的构图来重建这一切。

这也是我在找回对语言的那种毫不怀有内疚的陶醉，而这种陶醉存在于只承认语言纯粹作用的那个时代，也就是说，要夺回被语言的白蚁侵蚀着的我，然后以坚固的肉体去支撑保护那个我。就像小孩子玩了很久的，折痕都破裂开的双六[1]，我把它用结实的和纸再裱褙一遍那样，我也是要复原一种状态，让语言对我来说重新成为真正幸福和自由的（无论那离真实多么遥远）唯一依据。换言之，那意味着不知痛苦的诗，意味着回归于我的黄金时代。

那时候，我十七岁，该称之为无知吗？不，绝不是的。因为那时我知晓一切。在那之后二十五年的人生经验没有给我十七岁时所知道的东西以任何增益。唯一不同的，就只是十七岁的我不具有现实主义而已。

如果能再次回到那像夏天的凉水浴一样，让我痛快沉浸其中的无所不知的状态，该有多好啊！于是我仔细查验了自己的那一年龄段，结果发现只有极少一部分是我的语言确切地“使之结束”的，

1　双六：儿童游戏的一种，在纸上所划的格子内掷骰子，然后移动棋子的游戏。

被那透明的无所不知的辐射力污染的只有极窄的区域。因为尽管我希望把语言作为纪念去有意义地使用，但却弄错了使用的方法。因为，我一直专注于这样的工作，即节省全部智慧，或者干脆拒绝全部智慧，将反时代风潮的一切推论都委托给语言，让它如实地反映出自己不具备的肉体，就像将书信放入信鸽红色腿脚的银筒，托它传信一样，让语言和我的憧憬一同飞向未来或死亡。这其实可以说是为了“不让语言结束”的所为，但总而言之，这种行为让我如痴如醉。

请回忆一下我之前所说的定义。我给出的定义是：所谓语言的本质性功能，就是通过书写，在一瞬之间对等待“绝对”期间的一段漫长空白，施以“使其结束”的咒术。好比在洁白的长带上刺绣一般。同时，我也说过，因为语言，漫长空白被迫一点一点地“结束”，在生命自然的连续感总是被打断的精神就无法分辨出真正的结束，因此那样的精神绝不会认识到“结束”的来临。

如果这样，当精神要认识“结束”时，对终于可能认识到“结束”的精神来说，语言该如何发挥作用呢？

我们知道一个正合适的模型，那就是在江田岛教育参考馆[1]中展示的特攻队的诸多遗书。

在夏末的某一天，我参观参考馆，看到大部分遗书都写得很漂亮规范，极少部分是用铅笔走笔疾书而成，这样的显著对比给我的内心以莫大冲击。我从早先就很疑惑，当时的人是通过语言来传达真实呢，还是利用语言使之转化为具有历史意义的东西呢？但当我

1　江田岛教育参考馆：位于日本旧海军士兵学校的所在地江田岛，馆内展示日本旧海军的收藏品等，并作现在的海上自卫队学习之用。

一封一封地读着静静地置于玻璃橱窗内的年轻的军神们的遗书时，突然感觉这一疑惑被解开了。

至今仍清晰地留在我心中的，是一封用铅笔走笔疾书于半张草纸上的遗书，那是称得上粗暴的生机勃勃的潦草字迹。如果我没记错的话，那封遗书是以这样一句话，突然结尾的：

“我现在精力充沛，年轻和力量充斥了我的全身，我实在想象不到三个小时后我就要死去了。但是……”

想说实话的时候，语言一定是这样支吾含糊的，那吞吞吐吐的样子仿佛活灵活现地就在眼前。并不是出于羞耻，也不是出于害怕，而是实事求是的真话，必定会让语言变得那样暧昧模糊，这就是实话本身的某种不流畅的性质的体现。对他而言，已经没有给他留下等待“绝对”期间的漫长空白了，连用语言慢慢将之结束的足够的余暇也没有了。他向着死亡奔去的同时，生的感觉就像麻醉剂一样，那种神奇感觉好似眩晕一般，这种感觉伺机让他那认识到“结束”的精神暂时失去了意识，而最终日常使用的语言宛如爱犬一般扑到这位年轻人的宽阔的肩膀上，然后被粗暴地丢开。

另一方面，例如七生[1]报国、必歼敌人、生死一体、永久大义等，以精练的语言写成的简洁遗书，显然是一种一味地要使自己与那豪言壮语同一化的骄傲和决心的表现，它们从诸多既成概念中选取最为宏大、最为高贵的东西，抹杀一切与心理类似的东西。

当然，如此写下的四字熟语，在任何意义上都是“语言”。然而，虽说是既成的语句，但那些都是特别的语言，平时是用于装饰那些

1　七生：源自佛教之说，指转生、轮回七次，也有永远之意。七生报国，是第二次世界大战时期，日本法西斯为驱使士兵到战场上卖命而宣扬的一种“为国效忠”的观点。

普通行为无法企及的高度的。虽然现在已经失去了，但过去我们确实拥有过那些语言。

那些语言并不仅仅是华丽的辞藻，还是果敢的语句，它们不断要求超人的行为。为了上升到那些语言的高度，是要求人们豁出性命的。这种语言起初是为表决心而说出，但渐渐就不可避免地达到了强迫人们与之同一化的地步，它同日常细小的心理之间从一开始就欠缺一座本该架好的桥梁。这正是意义内容暧昧含糊，同时又充满了不属于这个人世间的荣光的语言，并且，正因为这种语言本身具有非个性的不朽意义，所以它严格要求消灭个性，断然拒绝由个性的行为来建设不朽。如果英雄是个肉体性的概念，那么就像亚历山大大帝模仿阿喀琉斯[1]成为英雄一样，成为英雄的条件应该是禁止独创性和忠实于古典的范例，英雄的语言和天才的语言不同，应该是从既成概念中选出的最为恢弘高贵的语言，同时，这才应该被称为闪光的肉体的语言吧。

就这样，我在参考馆中见到了“精神”认识到“结束”时的两种纯粹果断的语言。

我少年时代的作品，和这两种语言相比，与那类死亡的确定性相距遥远，有的只是充分被怯懦荼毒的从容。正因为如此，所以才会被艺术侵犯。比起特攻队的优美遗书，我完全把语言使用成了另外一种风格。但是，我的精神充分地容许语言的自由，甚至放任语言的散漫，让少年作者能随心所欲地放纵语言，并且同时我也认为我的精神确实在某处认识到了“结束”。我少年时的作品，现在读来，

1　阿喀琉斯：希腊神话中的英雄，荷马史诗《伊利亚特》中的主要人物，特洛伊战争中希腊联军的勇将。

这些迹象是非常显而易见的。

现在我梦想着，犹如被白蚁蛀蚀的原木柱子一样，语言首先出现，接着是已被语言侵蚀的肉体出现，未必只有我一人拥有这样的人生。虽然我否定独创性，但是肯定自己生命本身的独创性，在某处应该已经产生了这样的矛盾。肉体的教养也会毫不掩饰地向我揭露这种矛盾。如此一来，在那个时代肉体所预见到、精神所认识到的“结束”，应该不拘泥于对象，被同等地分发给了我与特攻队。我应该能够站在对那同一性无可置疑的地方（即使没有肉体！），在死去的青年当中，一定也有和我完全一样被白蚁侵蚀的年轻人。不，甚至连特攻队中也一定存在这样的人。不过幸运的是，死去的人们被概括在了固定的同一性中，无可置疑的同一性中，也就是悲剧之中。

那时我十七岁，我的无所不知让我不可能不明白这一点。但我一开始做的就是尽可能地远离无所不知。我打算不去使用任何一件构筑时代的素材，我把固执错认为是纯粹，而且也弄错了方法，最终我立志要留下来的那些就成了个性的里程碑。为什么那样的东西能够成为里程碑呢？现在我已经对这种错误的根本性原因一清二楚了，但当时的我却蔑视应该通过语言“使之结束”的自己的生命。

有时对少年来说，蔑视和害怕是同义词。也许，我就是害怕通过语言“使之结束”吧。我在尽可能逃避本该使之结束的现实的时候，心里描绘着语言的不朽，而我却在这种徒劳的行为中，感受到了荡漾般的陶醉。执意要评价的话，这种行为也不缺乏幸福，不，甚至不缺乏希望。于是，战争结束了，精神也就突然停止了对“结束”的认识，同时，陶醉也就终结了。

事到如今，我还想要回到那里，这种意图到底意味着什么呢？

我一直追求的是自由呢？还是不可能呢？又也许这二者指的是相同的东西？

显然，我所想要的是再现那种陶醉。而正是现在，我这次已经具备了老练的工程师的自负，能够伴随着陶醉，选择非个性的语言，使其发挥真正不朽的功能，使生命得以结束。可以毫不夸张地说，对于顽固地不去认识“结束”的精神，我的复仇也仅限于此了。当肉体迈向未来的衰退时，人们不跟着肉体的方向行进，而是默默地跟随着比起肉体更加盲目且固执的精神，最终被这精神所诓骗。我并不想走上与这些人同样的道路。

必须设法让我的精神再次认识到“结束”。一切会从那里开始，很显然，只有那里才可能存在着我真正自由的根据。少年时代，由于误用语言，我有意地避开了自己的无所不知，那无所不知使我想起夏日清爽的凉水浴，我要再次沉浸在那无所不知的水中，这一次我一定要连那水都表现出来。

再次回归是不可能的，这无须他人明示，我已了然于心。但是，这种不可能刺激着我认识的困倦无聊，只有不可能才唤醒了我认识的活力，让我的活力向着自由梦往神游。

文学创作的自由以及语言创造的自由，它们的最终形态，我已经在肉体上演的悖论中看到了。无论如何，我错过的并不是死亡，我曾经错过的是悲剧。

即便如此，我错过的也是集体的悲剧，或者说作为集体中一员的悲剧。如果我实现了朝向集体的同一化，那么应该会更加容易地参与悲剧。但是语言从一开始就发挥了作用，让我远离集体，一定要远离集体。并且，我一直感觉自己欠缺足以融入集体的肉体能力，也幸亏如此，集体因而拒绝我的加入。我要设法使得自己合理化，这种欲求促使我积累语言的反复练习，因此这样的语言不断地试图回避集体所意味的东西，是理所当然的。不，不如说当我的存在停留在刚要出现的时候，就像拂晓的曙光照耀之前开始下的雨一样，在我内部持续降落的语言之雨，其本身也许就预言了我并不适应于集体。在人生之初我所做的，就是在那雨中塑造构筑我自己。

话说，我儿童时期的直觉是正确的，即集体这种东西一定是肉体的原理。直到如今，我也觉得没有必要改变这一直觉。因为直到后来，在我体会了肉体的过激使用和濒临死亡的疲劳至极之时，所呈现出的那淡红色的眩晕之后，在我知道了这被我称为“肉体的黎明”之后，我才懂得了集体的意义。

集体与汗水、泪水以及大声喊叫相关，而诸如此类是语言无论如何也分泌不出来的。更加深入地想一想，语言与始终不流出以及不使之流出的血液有关。所谓血泪的文字之所以不可思议地脱离个性的表现，并且通过公式化的表达来打动人心，可能是因为这样的文字是肉体的语言吧。

那种力量的使用，那种疲劳、汗水、泪水、血液，让神轿的轿夫们同样仰望的、摇晃无常的、神圣的蓝天也映入我的眼帘。当我意识到那成为“我和大家一样”这一光荣的起源时，我可能早已预见了自己会跨过那道曾经被语言万般禁锢的个性的门槛，并且预见了我对集体意义有所醒悟的那一天的到来。

当然，也有所谓为了集体而存在的语言，但那些绝不是自立的语言。换言之，那些语言依赖于各自的肉体，就像演说依赖于演说者的肉体、口号依赖于煽动者的肉体、戏剧台词依赖于演员的肉体等。无论是写在纸上，还是喊出声来，集体的语言最终会在肉体的表现中发现其归宿。那些语言并不是为了从一个密室的孤独，秘密地向远方另一个密室的孤独进行传播的语言。正是集体才必定是最终拒绝语言这一媒介的、无法形容的“同苦”的概念。

因为，“同苦”才应该是语言表达的最终敌人。在一个著作家心中，就像马戏团的巨大帐篷一样，朝向星空膨胀的世界苦[1]，最终也无法创造出同苦的共同体。因为，语言表达即使能够传达快乐和悲哀，也无法传达出痛苦。因为，快乐通过观念很容易被点燃，而痛苦只有置于同一条件下的肉体才能分享。

肉体通过集体，通过那种“同苦”，才会达到个人不可企及的肉体的某种高水位。于是，为了使水位能涨到足以窥视到神圣，就需要个性的液化。不仅如此，还要不断地打捞容易沉入安逸、放荡和怠惰中的集体，需要引导集体走向越发严重的同苦和痛苦之极限的死亡，也就是需要集体的悲剧性。必须要为集体开拓使它走向死亡的道路。应该无须赘言吧，我在这里所意会言传的就是战士共同体。

早春的清晨，我成为集体的一员，额头上系着印有红色太阳图案的头巾，以快要冻僵的半裸姿态不停地奔跑着。我深深地感觉到正是那验证同一性的“悲剧性的东西”开始支配着我，它贯通着那同样的痛苦、同样的呼喊、同样的步调和那合唱，就像逐渐渗透到自己肌肤表层的汗水一样。那是从清晨凛冽寒风的深处隐约萌生出的肉体的火焰，也可以说，那是崇高感的萌芽。“挺身”的感觉，使得肌肉兴奋地跳跃起来。我们同等渴望着光荣和死亡，同样在渴望

1　世界苦：源自德语“Weltschmerz”，是德国浪漫主义文学作家让·保罗（1763—1825）所造术语，字面意思为“世界之痛”，也有厌世、悲观等含义。

着的并非我一个人。

心脏的悸动在集体中彼此相通，急速的脉搏被散播开。自我意识已经像遥远的都市幻影一般远在天边。我属于他们，他们属于我，形成了无可置疑的“我们”。所谓从属于，是一种何等残酷的存在形态啊！我们以小小的全体之环，把巨大朦胧闪耀的全体之环作为深入思考的依托。于是，这种悲剧的复制品，与我那挑剔的幸福一样，我预见得到它迟早会云消雾散，只能归结于存在的肌肉。但是，我独自一人梦想着，那不得不还原于肌肉和语言的某种东西，能被集体的力量维系住，然后将我带往再也回不来的彼方。这恐怕就是我依靠“他”的开始。而且，他者已经属于“我们”，我们中的各个成员都是通过献身于这种不可预测的力量，而从属于“我们”的。

于是，对我而言，集体就是通往某处的桥，是一座只要走过去就再也无法返回的桥。

尾声——F104[1]

我开始看见一条巨大蟒蛇形成的一个无比巨大的环，缠绕着地球。那是一条通过不断吞咽自己和自己的尾巴来平息一切对极性的蛇；是一条对一切相反性发出嘲笑的最后的巨蛇。我开始看见它的身影了。

相反的东西，它们的极致是相似的；彼此相隔最远的东西，往往通过距离拉远而越接近彼此。蛇之环在诉说着这一秘密。肉体和精神，感性的东西和知性的东西，外部和内部，它们也许在某处有所连接吧。在稍微脱离这个地球、比白云形成的蛇环围绕地球而相连的地方更高的某处。

我是一个只对肉体的边缘和精神的边缘、肉体的边界和精神的边界感兴趣的人。对于深渊没什么兴趣，深渊就任凭他人去探讨吧。因为深渊是浅薄的。深渊是平庸的。

在边缘之边缘处，那里有什么呢？是只有朝向虚无悬挂的边饰吗？

人在地表上被沉重的重力所压迫，身着沉重的肌肉铠甲，流汗、

1　F104：美国洛克希德公司开发的超音速喷气战斗机。《F104》原本是作为随笔于1968年在杂志《文艺》上刊载，之后同作者于1967年创作的长诗《伊卡洛斯》一起作为1968年出版的《太阳与铁》单行本的终章。

奔跑、出击、勉强地跳跃。尽管如此，有时也还是能从头晕目眩的疲劳的黑暗中，看到我称之为“肉体的黎明”呈现的美丽颜色来。

人在地面上，废寝忘食地进行仿佛无限飞翔的知性冒险，聚精会神地伏案，虽然冒着落入精神的边缘、更边缘、更更边缘，和坠入虚无的危险，但仍试图一点点地靠近。这时（虽然很罕见），精神也窥视到了它自身的黎明。

但是，这两种黎明绝不互相呼应协调，彼此也完全不相似。

我从未曾在肉体的行为中发现过类似于知性冒险那样冰冷、可怕的满足感。并且，我也未曾在知性冒险中体会过肉体行为那种忘我的热度和热烈的黑暗。

它们理应在某处是相联系的，在哪儿呢?

就像运动的极致是静止，静止的极致是运动一样的领域，必应存在于某处。

如果我大幅度地挥动胳膊，我就会在刚挥动的瞬间失去一部分知性的血液。如果我在临近出击之前，哪怕稍作思考，那么下一瞬间我的攻击就会以失败告终。

必定在某处有更高的原理，来策划这种统括与协调。

我认为这种原理就是死亡。

但是，我将死亡想得过于神秘，而忘记了死亡也具有简明的物理性的一面。

地球被死亡包裹着。有一种死亡发生在没有空气的高空，俯瞰着遥远地面上受物理条件束缚、到处走动的人，而正是因为受制于物理条件，人无法轻松地飞到高空，因此，这种纯洁性的死亡在高空中不断拥挤着，很难置人于物理性的死亡。人若以本来的面目接近宇宙，那就会死亡。为了接触宇宙并存活，必须要戴上假面具，戴上氧气面罩那样的假面具。

精神或知性若是带领着肉体前往它们已经来去习惯的、令人窒息的高空，那么也许在那里遇见的就是死亡。即使只有精神或知性飞升而去，死亡也不会展露其清晰的面孔。于是，精神便总是感觉不到满足，很不情愿地重返地面上的肉体栖身之所。只有精神飞升上来的话，最终那统一原理也不会露面。如果不是二者一起到来的话，就不会被接受。

我还没有遇到那条巨大的蟒蛇。

尽管如此，我的知性冒险是多么熟悉那高高的天空啊！我的精神比任何鸟儿都飞得更高，并且不惧怕任何的低氧状态。也许我的精神原本就不需要那高浓度的氧气。啊！那帮家伙的精神！只能蹦跳到它们肉体所跳极限的蚂蚱们的精神！我瞥了一眼遥远下方的草地里那帮家伙的影子，不禁捧腹大笑起来。

但是，就算是蚂蚱们，也必须从它们身上学到些什么。我一次也没有伴随着自己的身体来到那高空，而我开始懊悔总是将肉体一直放置在地上那沉重的肌肉里。

有一天，我带领着自己的肉体，走进了密封舱，进行了十五分钟的脱氮，也就是吸入百分百的氧气。这样，我的肉体就被放进了我的精神每夜都会进入的同一个密封舱中，我的肉体一动不动，被捆绑在椅子上。对于肉体来说，它知道自己被强加了意想不到的工作，并一个劲儿地感到震惊。它万万没有想到，一动不动地坐着会成为自己的任务。

这对精神而言，是一种极为轻而易举的高空耐受性训练。但对肉体而言，这是第一次经历。随着呼吸，氧气面罩时而贴紧鼻翼，时而离开鼻翼。精神对肉体说：

“肉体啊，今天你和我一起，一动不动地，前往精神最高的边缘去呀。”

但是，肉体傲慢地回答道：

“不，既然我也一起去，那么不管多高，那也只不过是肉体的边缘而已。窝在书房中的你，从未曾与肉体相随，所以你才说出这样的话。”

这种事无关紧要。我们要一起出发，一动不动地！

空气已经被从天花板的小孔抽取得所剩无几，肉眼看不见的减压逐渐开始了。

不动的房间在向着天空升高，一万英尺，两万英尺。看起来，室内什么也没有发生，而整个房子正以可怕的气势，摆脱着地表的束缚。在房间里，随着氧气的不断稀薄，所有日常性东西的影子都开始淡化了。从超过三万五千英尺起，有某个影子出现并靠近，我的呼吸逐渐变得像濒死的鱼的呼吸，就像鱼浮出水面急切地张合嘴巴呼吸一样。但是，我指甲的颜色，还远没有因为缺氧而变成紫色。

也许是氧气面罩在发挥作用吧。我一瞬间瞥了调节器循环流动的显示窗口一眼，随着我试图大口地深呼吸，我看见那上面的白色标记片大幅度缓慢地摆动起来。是在给我提供氧气。但是，随着体内溶解气体转化成气泡，窒息感在不断产生。

此处进行的肉体冒险，精准地相似于知性冒险，所以至此为止我很放心。因为我无法想象一动不动的肉体会到达什么境地。

四万英尺，窒息感逐渐强烈。我的精神与肉体亲密地携起手来，我用充血的眼睛四处探寻，想着某处会不会残留着为自己所用的空气。哪怕一丝丝气体也好。只要有空气，就要贪婪地将其吞噬。

曾经，我的精神了解恐慌，懂得不安。但还不知道自己缺乏一个本质的要素，即是肉体在默默地为精神供给。如果想要屏住呼吸思考，那思考就会因为某种东西而忙得不可开交。也就是会为思考的肉体性条件的形成而忙碌。于是它又呼吸了起来，就像犯了无论如何也避免不了的错误一样。

四万一千英尺。四万二千英尺。四万三千英尺。我感到死亡紧紧地贴着自己的嘴。那是柔软的、温暖的、章鱼一般的死亡。那与我的精神所梦想的任何死亡都不同，是一种黑暗的软体动物似的死亡之影。然而，我的头脑并没有忘记训练是绝不会杀死我的。不过，这种无机的游戏，让我瞥见了在地球外部拥挤着的死亡是什么样的姿态。

突然从那里自由落下。在高度二万五千英尺的水平飞行期间，摘下氧气面罩，进行低氧症的体验。并且，还要进行急速减压的体验，在一瞬间的轰鸣声中，室内同时被白雾所笼罩。……就这样，我的训练合格了。于是，我得到了一张桃红色小卡片，证明我曾经进修了航空生理训练。我体内发生的状况和我的外部、我精神的边缘和肉体的边缘，是如何融合于一片海滨的呢？知晓答案的机会应该马上就要到来了吧。

12月5日是一个美丽的晴天。

在H基地，我看见飞机场上并排的F104超音速喷气战斗机群闪烁着银光的姿影。我从地勤人员手中拿到我要乘坐的飞机号码——016号。我第一次看到F104号如此平静停立的样子。往常我总是以憧憬的目光看着它在空中飞翔的身姿。那种锐利，那种神速，眼中刚出现F104的身影，它旋即就划破长空消失不见了。我长久以来都梦想着这样一个瞬间，即自己存在于那其中一点的瞬间。那是一种什么样的存在形态呢？那是一种多么耀眼的自由放肆啊！它为什么会撕裂天空呢？为什么像一把匕首迅速划开一张巨大的蓝色帷幕一般劈破长空呢？难道不想成为划破那片天空的利刃吗？

我穿上暗红色的飞行服，同时也穿戴好降落伞。教官教我如何拆解救生包，并让我试戴了氧气面罩。再过一会儿，那沉重的白色头盔就属于我了。我穿的靴子后跟处被安上了马刺，以便稳定住因猛跳而可能折断的双脚。

这时，在下午两点多钟的飞机场上，光像洒水车一样从云间散落。云的形态，光的样子，都是描绘古老战争图画所运用的常规手法。那是一幅庄严的光线图，光芒从被云层隐藏的圣柜[1]中，像扇子一样刺破云层洒落下来。不知为什么天空绘出了这样一幅巨大、庄严而又过时的构图，而光又为什么完全充满了内敛的重量，使得遥远的森林和村落看起来十分神圣。这情景就像是马上要被劈开的天空的告别弥撒似的，那光是管风琴的光。

我乘坐在双座战斗机的后座上，固定好鞋后跟的马刺，检查氧气面罩，盖上拱形的挡风玻璃罩。同飞机驾驶员的无线电对话，屡次被英文的指令阻碍。已经拔掉安全栓的逃生装置的黄色金属环，就静静地立在我的膝盖之下。高度仪、速度仪、数不清的测量仪表。飞行员在例行检查操纵杆，而我面前也有一个。随着飞行员的检查，它在我的膝间晃来晃去。

两点二十八分，引擎启动。在金属的轰鸣声中，飞行员面罩中

1　圣柜：又称约柜、契约之箱等。《圣经》中指收藏刻有摩西十诫的石板的箱子。

的呼吸声听起来就像台风席卷整个天空。两点半，016号战机缓缓进入跑道，在那里停下，进行引擎全开的检验。我整个人都被幸福感充斥着。从这一瞬间起，我要完全与日常性的、地面上的东西诀别，飞向丝毫不被它们侵扰的世界，这种喜悦，绝不是仅仅运载市民的客机起飞时所能比拟的。

我是多么强烈地寻求这种喜悦，多么热烈地等待着这一瞬间啊！我的身后只有已知，我的前面只有未知。这一瞬间犹如极薄的剃刀刀刃。我是多么焦急地等待着这一瞬间的实现，而且是尽可能在纯粹严密的条件下迎来这一瞬间啊！我正是为此而活。而我又怎么会不热爱帮助我实现这一瞬间的亲切的人们呢？

长久以来我已经忘记了出发这个词，就如同魔法师努力地故意忘记致命的咒语一样。

F104彻底离开陆地起飞了。零式舰载战斗机[1]花费十五分钟才能飞上一万米的高空，而F104只用了二分钟。正G[2]（超重）施加在我的肉体上，很快，我的内脏就会被一双铁手向下压，血液会变得像金子一样重。我肉体的炼金术应该开始了。

存在于我们生活的时代的最边缘、最顶端、最尽头的感觉，在宇宙旅行中一定是与G相关的，这点应该是无可怀疑的。我们时代日常感觉的末端是与G融合在一起的，这点应该也无可非议。我们生活在这样一个时代，即我们称之为心理的某种东西，它最终归结于G的时代。没有在彼方预料到G的爱恨是无效的。

1　零式舰载战斗机：旧日本海军的战机，使用于太平洋战争初期，是超过当时世界水平的单座高性能战斗机。

2　G：指重力。

G 是神性事物的物理性强制力，而且一定是位于陶醉的正相反处的陶醉，处于知性极限的反方向的知性极限。

F104起飞了。机首向上飞，再向上飞。瞬间就穿透了眼前的云层。

一万五千英尺，二万英尺。高度仪和速度仪的指针像小小的白色高丽鼠[1]在不断转动。此时为马赫0.9的亚音速[2]。

G 终于来了，不过，那是温和的 G。因此我并不感到痛苦反觉得快乐。胸口就像瀑布落下一样，就像瀑布一泻而下之后什么都消失了一样，瞬间变得空洞。我的视野被稍显灰色的蓝天所占据。那是突然咬住天空的一角，要将这块天空吞咽下去的感觉。理性依然保持着清明的状态。一切都静谧而壮大，白云的精液星星点点地迸溅在蓝天的表面。因为没有沉睡所以也不存在醒来。但是清醒的状态中，又有一种被剥掉了一层伪装般的觉醒，精神就像尚未接触到任何东西般的纯洁。在挡风玻璃罩显现的光芒中，我大概就像被痛苦袭击一样，龇牙咧嘴地啃啮着被暴露在阳光下的欢喜。

我与曾经在空中看见的那架 F104合为一体了，我确实将存在转移到了我曾亲眼看到的遥远的东西中。对地面上的人来说，我在一瞬之间就成了“远去的人”，明明就在几分钟以前，我也是他们中的一员。对他们而言无非是刹那间记忆的一点，而我此刻却实实在在地存在于那里。

1　高丽鼠：由中国产小家鼠突变培育的品种，因遗传性平衡感觉异常，所以具有像陀螺似的转圈儿的奇特习性。

2　亚音速：马赫数小于1表示速度小于音速，称之为亚音速。马赫数大于1表示速度大于音速，称之为超音速。

光线穿透挡风玻璃罩毫不留情地照射着，在这尽情释放的赤裸阳光中，实在理所当然地会想到其中潜藏着荣光的观念。所谓荣光，一定是这种无机的光、超人的光、充满危险宇宙射线的赤裸光辉被赋予的通称。

三万英尺。三万五千英尺。

在远远的下方，云海像纯白的苔藓铺满庭院一样延展开来，没有丝毫显著的起伏不平。为了避免冲击波波及地面，F104朝着遥远的海上飞去，一边向南一边试图加速超过音速。

下午两点四十三分。在三万五千英尺处，它从马赫0.9的亚音速，随着微微的震动，超越音速，达到马赫1.15、马赫1.3，升到了四万五千英尺的高度。太阳在它的下方逐渐下沉。

什么也没有发生。

在赤裸的光芒中，只有银色的机体漂浮，飞机保持着巧妙的平衡。它再次变成了被封闭的静止不动的房间。飞机就像完全没有在动一样。它变成了只是在高空中漂浮着的、静止的、奇妙的金属制的小房间。

那地面上的密封舱，应该就这样成为宇宙飞船的准确原型。因为一动不动之物会成为最快速运动之物的精密原型。

窒息感也没有涌现。我的心悠然自得，并活跃地思考着。封闭的房间和敞开的房间，如此完全相反的室内，却成为了同一个人、同一种精神的栖身之所。如果行动的尽头、运动的尽头是这种静止的话，那么四周的天空、遥远下方的云彩、那云彩之间波光粼粼的海洋，甚至西沉的太阳，都是在我内部所发生的，都是我内部的事物，也就没什么奇怪的了。我的知性冒险和肉体冒险，在远离地球如此之远的地方，彼此才能轻松地握手。而这个地方才是我梦寐以求的。

漂浮在空中的这个银筒，可以说就是我的脑髓，它一动不动的样子就是我的精神样态。脑髓并没有被顽固的骨头保护着，而是像浮在水面的海绵一样，变成了能够被浸透的东西。内部世界和外部世界相互浸透，变得能够完全彼此交换。只有云彩、海洋和落日的简朴世界，是我内心世界从未见过的宏伟展望。与此同时，我内部发生的一切事情已经摆脱了心理和感情的束缚，变成了在天空中自由描绘的粗略文字。

这时，我看见了蛇。

看见了环绕着地球的白云所形成的巨大而又愚笨的蛇的形态，那条蛇正在吞噬着自己不断相连的尾巴。

即使转瞬之间，在我们脑海中浮现的事情也是存在的。即使现在不存在，也可能在过去某处或未来存在。这正是密封舱和宇宙飞船的相似之处。正是我深夜的书房和四万五千英尺上空的F104机舱的相似之处。肉体应该被精神的预见充斥并发光，精神也应该充满了肉体的预见而生辉。然后，其中一部分始终警觉戒备的正是意识。现在，我的意识就像硬铝一样清澈明亮。

如果将一切对极性合而为一的蛇之环，曾出现在我的脑海中，那么它就是早已存在的了，不足为奇。它永远在吞噬自己的尾巴。那是比死亡更大的环，那是充满了芳香的蛇，那香气比我在密封舱中曾隐约嗅到的死亡气息更为芬芳。而它才是存在于耀眼天空的彼方，那一直俯视着我们的统一原理的蛇。

飞行员的声音击打着我的耳朵。

“现在开始降低高度，向富士山飞行，在富士山钵状山顶上空盘旋之后，稍微做一下侧滚和8字飞行，然后将绕到中禅寺湖一带返航。”

机首略偏右边的地方，富士山耸着它那黑色剪影画般的山肩，散乱的云层缭绕着山体。机首左边，夕阳照耀下的大海上，一座大岛[1]将白色喷烟像酸奶一样凝固住。

高度已经低于二万八千英尺了。

从眼下云海的各处缝隙中绽放出了红色的百合。那是被晚霞浸染的红色海面的反射，瞄准云朵间微乎其微的缝隙，释放流光溢彩。那红光染进了厚厚云朵的内部，在云层间相互辉映着，所以看上去就像红色百合星星点点地在四处绽放。

伊卡洛斯[2]

究竟，我属于天吗？
不然，为什么天
如此不断地向我投来蓝色的凝视
引诱我的身心对着天空向往
更高、更高
朝着远高于人类所能企及的地方
不断地引诱我前往？
严密地考究了平衡

1　大岛：这里指伊豆大岛，是日本伊豆诸岛中最大的火山岛。

2　伊卡洛斯：希腊神话中工匠代达罗斯的儿子，为了逃离克里特岛的迷宫，试图用其父亲制作的翅膀飞走，但他忘记了父亲的警告以致飞得过高，固定翅膀的蜡因太阳的灼烧而融化，最终坠海身亡。

合理地计算了飞翔
理应没有任何天开异想
但为什么如此升天的欲望
本身竟酷似疯狂?
一切都让我无法满足
我马上就厌倦了一切新鲜事物于这地上
我被诱向更高、更高、更不安定
更接近太阳之光
为什么那理性的光源要灼烧我
为什么那理性的光源要毁灭我?
从高处俯视的遥远村落和迂回河流
比近在眼前时更易于内心的安放
若是离得这般远
就能热爱人性的东西
那它为什么要辩解、承认和诱诳?
明明那爱并不该是它的目的?
若是如此，那么我
原本就不该属于天是否理所应当?
我不曾渴望鸟儿的自由
我不曾期盼自然的安详
只是被那朝着上升和接近的
不可理解的胸中憋闷所导航
将身体沉浸在天空的蔚蓝中
竟如此与有机的喜悦背道而驰
也这般与优越的欢愉相隔远望

却依然向往着更高、更高
是曲意逢迎那蜡的眩晕和灼热吗、对着翅膀?
既然如此
究竟，我属于地吗?
不然，为什么地
如此急速地催促我下降
不给予我思考和感情的余暇
为什么如此柔软懒倦的地
竟以铁板似的一击将我回挡?
只是为了令我深感自己的柔软
柔软的大地才化作铁的吗?
是大自然为了让我领教
坠落远远自然过飞翔
坠落远远自然过那不可理解的热情荡漾?
天空的蔚蓝是一种假想
从一开始，一切都是为了翅膀的蜡
为了陶醉于那瞬间的那灼伤
我所属的地才谋划
并且天也暗中为这一企图帮忙
将如此惩罚降临?
我不相信我自己
或者，我过分地相信我自己
我急于想要知道自己属于什么
或者，我傲慢地自认为知道一切
想要飞向未知

或者，飞向已知
都是飞向一处蓝色的表象
作为惩罚，罪在我试图飞翔？

1965年11月—1968年6月发表于《批评》

私の文学

学生の分際で小説を書いたの記

私の遍歴時代

わが創作方法

『われら』からの遁走——私の文学

毕竟都是同时代的文人，
我身上也有类似太宰治的部分。

我的文学

我如果在这里说我的文学是企图表现“时代”及其时代意义的，那么还未读过我小说的人可能会自我吹嘘他们发现了一个志向高远的新人，而读过我两三本小说的人可能会哈哈大笑，笑我的不知深浅。还有我的几位朋友会说，这家伙到底也学会了逢迎时代的言论，以后不想再和他打交道了。我就这样被人误解着。与其这样说，不如说根源在我，是我不好。也许我的文学是自以为是的，让别人只觉得我就是故意想用一些容易令人产生误解的写作手法。这也可能是一种报应。因为我莫名其妙地喜欢遭人误解，并过度注重在人前树立这种被人误解的形象，然后乐于在背地里进行坦白。但是，误解这种“毒品”有着不可思议、不为人知的甜蜜，一旦尝过就无法忘怀。自古以来，生活在误解中的孤独的作家是懂得这一鲜为人知的毒品的味道的，很多时候甚至会让我们怀疑这些家伙也许是沉迷于这种毒品的甘美。

日本明治以来的文学中，反映“时代”、以时代演变以及时代思潮的对立等为主题的小说数不胜数。不过，也许因为我不是生于那个时代的人，所以可以斩钉截铁地说，我觉得这些小说中描写的明治维新时期那种翻天覆地的变化，以及生活在那段过渡时期的年轻人的烦恼，都是不太可信的。想要在文学作品中使用这些素材，理所当然地需要意识到当时某种社会性的、经济基础的崩溃或者变迁，并且或多或少都应使其成为作品背景的一部分。如若将这些背景要素全部抛开，去空谈何为“明治维新时期年轻人的时代烦恼”，就会迷失方向。不言而喻，忽略政治、社会、经济背景而考虑所谓的“时代烦恼”是错误的。虽然说企图抛开所有时代背景，只取“时代烦恼”这一抽象化概念来思考问题的做法是错误的，但每个时代的青年人心中一定存在着这样被抽象化的概念。与外界的一切分割开来的“时代烦恼”只有经历过同一时代的人才能明白，并且与时代一起最早消失的也是这种“烦恼”。或许它只存在于同一时代人的青春里，在这些人老去后便完全枯萎，消失在记忆中。正因为如此，可以认为这种“烦恼”是有生命的，其中也蕴藏着时代的本质。它就像“时代”这一自然中诞生出的一只不祥的黑蝴蝶，或者也可看作是只夭折的蝴蝶。不论后世的文学家是有意还是无意，在将某一时代写入作品中时，没有人不愿让这只黑蝴蝶生气勃勃地展翅飞舞吧。于是可以想到一个办法，那就是充分描写催生蝴蝶诞生的外在大自然这一背景，之后自然而然地等待这只蝴蝶从森林、小河或草原中诞生。这是一种将时代烦恼归纳到政治、社会以及经济背景当中的方法。另一种方法是，哪怕这种“时代烦恼”是没有生命的，但它是从一切事物中抽象而得的，就可以让它多样化地再现于文学之中。可以说，后一种方法是试图将死去的蝴蝶制作成标本。——无论哪一种方法，最终都不可能成功地将一只活生生的黑蝴蝶的翅膀投射到作品上。

明治维新尚且如此，所以对于自社会主义思想传到日本之后的“时代”这一观念，我觉得越来越不可信了。大正时代那些面色苍白的知识分子们虽然一直害怕时代的影子，但他们的不安，与中产阶级经济基础的崩盘有关。在任何国家、任何时代，高度发展的物质生活走到尽头时，必然会出现生活上的颓废现象。除了风俗以外，我并不觉得这种颓废作为那个时代固有的、特别的东西，会形成值得向后世夸耀的“时代烦恼”。把日本文学大致上分为无产阶级文学和风俗小说[1]，这种分法即便在今后看也是自然的。因为依无产阶级文学首倡者的说法，由于时代的一切都是辩证发展的，“时代烦恼”就像混杂在经济社会进步发展机制中的沙砾一样，其中总是会固定上演阶级斗争的一幕，所以时代这个观念无法形成任何本质性的东西。另外，风俗小说作家眼中的“时代烦恼”，只象征着追随风俗变迁的“能者”与“不能者”之间矛盾对立的姿态而已。

与这些方面体现出的“时代”意义相比，我们经历过战争时代，反映那个时代的“时代”概念，也许就更加含糊不清、不得要领了。但与此同时，其含义却远比那些“时代”更加贴近时代的本质。抛开社会、政治、经济背景，一切便都无从谈起，这种思维的普遍莫甚于当今。然而，二战后年轻人的时代情感，被贴上所谓的“过渡期的苦恼”“受伤的一代”“恶劣时代之子”等充满诗意的标签，这种时代情感近似于一种不可思议的情绪混合物，混杂着隐晦朦胧的希望与绝望、惴惴不安与狂妄自大。若从这种时代情感中将社会、政治、经济等所有背景排除掉，会存留下唯独在这个时代才能被抽象化的、纯粹的、也正因如此才超越时代的一种烦恼，难道它不会像从沙子当中取出的沙金一般熠熠生辉吗？我觉得这种沙金的存

1　风俗小说：以描写世态、人情和风俗为主的小说形态。本来是小说创作的正道，但在近代日本，消费性、享乐性等次要描写却成为这类小说的主要成分，往往带有庸俗、被轻视的含义。特别是1950年中村光夫创作的《风俗小说论》对这类表面化、现象化的风俗描写形态进行严厉抨击以来，这种倾向越发强烈。

在，和一只不祥的黑蝴蝶的存在，比任何东西都值得坚信。

这种抽象性——稍微依从一下我的独断的话，也许就是时代的本质——如果以此为基础来思考纯粹小说[1]，与迄今为止的纯粹小说需要时常主张与时代划清界限不同，我认为以下的主张是否可以成立呢，即文学或者小说越是纯粹就越能完整地投射出时代，越能准确地反映出时代。我无时无刻不在期盼着自己能够写出这样的作品，以充分证明这一充满主观独断的主张是正确的。不祥的黑蝴蝶啊，但愿今后，你那不停飞舞、行踪不定的身影快落到我的作品上来吧。

1　纯粹小说：法国作家安德烈·纪德追求的方法论，是在他创作的《伪币制造者》（1926年）中得以实践并成为小说的创作理念。这一理念主张把小说看作纯粹的艺术作品，要去除与小说无关的所有要素。在日本，新感觉派的代表作家横光利一曾受纪德的启发，创作了《纯粹小说论》（1935年）。

记以学生身份创作了小说

杂志社给的命题是“记以学生身份创作小说”，但我特别要求改为过去式，即“创作了小说”，将其限定为个人的问题。之所以这样改，是因为我的深谋远虑。这本杂志是要征集学生稿件，如果是先前的题目，可能无法对那些想应征投稿的学生产生有效的激励作用。

昭和十九年（1944年）秋天，我升入大学。那是战争结束的前一年。大学毕业时，由于毕业的月份尚未规范，所以我毕业于十二月，是昭和二十二年（1947年）。

我从中学时便开始写小说，在校内杂志以及那些和学校老师有关联的日本文学同人杂志上发表作品。昭和十九年十一月，经杂志的诸位同人推荐，我把之前的短篇小说整理成集，也就是《鲜花盛开的森林》这部处女作，并将其交由七丈书店出版。

不过，这一话题就此停止，我想讲讲上大学之后的事情。

我上大学时正好处于日本战败前后的纷扰动荡时期，所以除了写小说，没有其他能令人心灵快乐之事。从这点来看，我很同情现在的学生们。虽说在本该快乐轻松的学生时代，我是写小说度过的，但这并非因为我多么坚定或如何有意志力。

我不是通过考试进入大学法律系的，因为当年实施内部申请制度，所以都是通过各高中推荐入学的。因此，说到我至今参加过哪些资格考试，除了小学入学时的智力测验，我就只知道高等文官考试[1]了。

就读法律系，一开始绝非我个人所愿，而是听从了父亲的旨意。但入学之后听了法律系的课程，觉得并没有那么晦涩难懂。首先，法律既是能在理性上满足虚荣心的原理性学问，也是实践性学问。这种连接原理与实践的纽带般的东西，实际上正是我沉溺于文学时所迷失的东西，因此我反而觉得法学足够新颖。为了深入学习法律，我埋头于小说创作，不过，我自认为也发现了一条可行的歧途，就是以欣赏文学的角度来聆听法律的课程。我喜欢刑法、刑事诉讼法、民事诉讼法之类的课程。在此之前，我深受浪漫派影响，深陷浪漫主义（当时青年最坏的恶习）泥潭，进了法律系才领会到所谓枯燥无味的魅力。我开始喜欢森鸥外[2]的作品也是在这个时期。但是，从文学喜好的变化到个人作品风格的变化，需要时间的沉淀，所以之后我花了数年的工夫。因此，我学生时代的作品多半都是浪漫派的残羹冷炙。

直至日本战败前，在社会上弥漫着某种末世思想。身处其中，我却醉心于另类的精英意识，这种意识令我想要展现一种反现实的奢侈与华丽。于是，在屡遭空袭之时，我被迫躲避在中岛飞机小泉工厂的办公室里，公然地摊开稿纸，创作起小说《中世》来。这家工厂是我参加大学组织的义务劳动的地方，我之所以敢这么做，是因为我借口自己体弱多病，便被分配做了文书的工作。

战争结束后，大学课程重启，学生生活重新走上正轨。没有了空袭和义务劳动的干扰，我将生活准确地一分为二。总之，我早上

1　高等文官考试：1887—1948年，日本实行的录用高级官僚的考试。

2　森鸥外：1862—1922年。日本小说家、翻译家、评论家、军医，著有《舞女》《雁》等。

到大学上课，放学后径直回家，也不复习功课，立刻开始写小说。我之所以能过着这样寺院修行般的生活，得益于那时没有像样的咖啡馆，即使有价格也太过昂贵。

我也不做任何运动，这是长时间形成的习惯，所以这样的生活，就像是回到了空袭前一样。虽然抽烟但不懂喝酒，也不会跳舞。大学二年级的时候，我开始学习跳舞，有段时间将参加每周末的舞会当成最开心的事。不过，归根结底那也是自欺欺人的快乐，只有创作小说，才是最不用欺骗自己的。关于这些事情，我在小说《假面的告白》中已有所提及。

毋庸置疑，我想发表小说的愿望异常强烈。幸运的是，承蒙川端康成先生的推荐，我开始在杂志《人间》上连载小说，这完全是我的侥幸所致。

对那一时期的生活，最让我怀念的是《人间》杂志的总编辑木村德三。当时与我有密切往来的出版社，只有川端先生担任董事的镰仓文库[1]。所以，从学校回家的路上，没有要事我也常常前往镰仓文库。

当时，要做新的学生校服很不容易。直到战争结束，我一直都是借应召入伍的学长的校服来穿。而到了二战后，我穿的是学习院校服改造过的制服，那校服很瘦，样式也很奇怪，而我坚持一直穿到了毕业。所以我不懂大学时代校服的时尚。

我经常穿着那身奇特的校服坐在镰仓文库的会客室里。最初，镰仓文库的办公室是在白木屋百货商店的三楼。在那里，我曾见过尚处被革职期间的菊池宽[2]先生，他带着一名新秀作家，是位来自

1　镰仓文库：川端康成等创建的出租书店，之后设立出版社。

2　菊池宽：1888—1948年。日本小说家、剧作家，创办了《文艺春秋》。

中华民国的美丽女士。当时，他正大声地向镰仓文库的编辑推荐那位女士的作品。

一开始，无论哪家杂志向我约稿，我都欣然完成，却怎么也不见刊载出来，我因此而大伤脑筋。总之，新人作家总是距离截稿日期还有很长时间就写完了作品，编辑部早晚会把它刊登出来的，但通常只会将其作为当月的备稿使用。编辑们想着在大作家最终来不及交稿的时候，刊出新人的作品来替代。然而不管怎样，每个月那些文学大家们都总是会卡着时间勉强赶上交稿日期，于是新人作家的作品就会延期一两个月。我对此感到异常不安，所以就算没什么要事也到出版社去转一转。

我很敬佩木村德三先生，他十分喜爱小说，同时他也是出色的小说鉴别家和欣赏者。《夜晚的准备》这部小说就是因为木村先生读了我的初稿后，给出了“文章松散没有力度”的建议，才重新修改的。而在改写过程中，我不禁感叹于他的判断是完全切中了要害的。昭和二十二年（1947年）初夏，为了年底发行的《人间》杂志增刊，木村先生要我写一篇百余页的小说。于是我全力以赴完成了小说《春子》，写了一百多页纸。我预先请木村先生审阅了一遍，在出版社的会客室里，他向我直言指出文中冗长啰唆的部分。我相信他的判断，于是当场用红笔不断地进行删减，一会儿就删去了二十页左右的内容。最终，完成了八十页的《春子》第二稿，内容自然远比初稿简洁紧凑，主题也更加明确了。

学生时代在文学上能有这样优秀的推手，于我而言无疑是幸运的。归根到底，小说家的培育者，与其说是见解犀利、能充分体会作品并倾入感情的最佳读者或优秀评论家，不如说是出色的鉴赏家。日本现在非常缺少这样的人。有作家请求评论家给予“更加体贴、更加具有指导意义的批评”，我认为这简直是大错特错。因为不论从好的角度还是坏的角度，对于评论家而言，作品都是他们的香饵。这就好比你对着一头狮子，祈求它将难吃的兔子肉说成是美味一样不正常。与此相反，鉴赏家除了小说还拥有其他鉴赏对象，所以他绝不会将小说作品完全吞噬。

在学生时代，我并没有所谓的文学好友，大概是由于自尊心作祟，不愿去主动结交的缘故。

在我看来，在幼稚的青年时期，所谓友谊是十分脆弱且不稳定的，远不及成年人那建立在彼此成熟思想之上的友情。青年时期的恋爱也同样不可靠，大多是基于对彼此的误会、彼此之间对于人性及人生的共同误解。青春这部剧，其实本该由一个人来演绎，如果大家一起吵吵嚷嚷地表演，不就成了滑稽喜剧了吗？

当我“以学生身份创作”小说的时候，大概与现在写小说的大多数学生一样，我也会因为青春的急躁焦虑，容易钻牛角尖，以为自己的幸福只有写小说这一件事。

之后细想，我察觉到了自己的愚蠢，竟然主动放弃了那只有在学生时代才能体会到的快乐。校服大抵就是它的象征。一旦大学毕业，之后再穿着校服走在大街上的人，不是无业游民就是疯子，因为校服在毕业的第二天就已经被彻底埋葬在了过去。

当我心中浮现出学生这一非常单纯划一的概念时，总是会羞愧地想到自己那时是否具备这些学生应有的特质。学生的开朗、散漫、鲁莽以及无尽的激情，这些在我身上都不曾存在。毋宁说，现在我才发现这些特质的价值，并且拼命挣扎着想将其攫为己有。因此，对于“创作小说的学生”，我有一种难以忍受的厌恶，就像看到了自己的肖像一样。无论如何我也无法喜欢写小说的学生。

当然，现在的学生生活可能会伴随着经济上的困难，无所忌惮的快活是不存在的，荒唐无稽的青春也是不存在的。

然而，看到那些拼命写小说的学生，我很想拍拍他们的肩膀，对他们说："写小说是不错，不过偶尔还是去户外晒晒太阳吧。阳光是免费的，并不是要你去买比稿纸贵得多的运动器材。虽然我在文章开篇说过很同情你们，因为与我所处的时代不同，可能会有各种享乐的诱惑阻碍你们创作，但那只是反话。跑到阳光下去吧，随意躺到草坪上去吧。因为一旦你不再是学生，从第二天起，社会便会堵在你和太阳之间。也许你会在光照很差的石头建筑的银行里上班；又或许你会在大楼里的办公室工作；即便你当上了作家，也要埋头在深夜的书房里写稿，待到正午太阳开始西斜时你才醒来。总之，你必须这样来度过一生。比起在青春岁月尽情地享受阳光，'写小说'究竟算怎样一回事呢？"

另外，对那些热衷于体育却完全不读书的学生，我也要公平地说："你很明智，但是你要将精力的五分之一用于追求知识。仅五分之一就足够了。那样一来，你反而更能体会到你生活里打球、在户外奔跑、跳跃的真正意义和快乐吧。你应该努力获得优秀的知识体系，来与你的健壮体格相匹配。要摆脱运动员特有的毫无价值的感伤主义。偶尔，哪怕文笔笨拙，也写篇小说！"

总之，虽然给出了这些忠告，我自己却有着已了解了青春意义的过来人的悲哀。

《浮士德》里这样说："用非其所知，知非其所用。"

1954年11月发表于《文艺》

我青春漫游的时代

一

如今已然身为作家，再回望年少时期的自己，蓦然发现那时一心想当作家，隐隐的预感，当时大概是害怕自己不能融入社会吧。这和时下“当了作家就能腰缠万贯”之类的幻想是截然不同的。

那么该从哪里讲起我的文学经历呢？学校里的文学活动暂且不谈，我想还是从战争时期与日本浪漫派之间的渊源讲起为宜。

我确实曾与日本的浪漫派近距离接触过。当时有两条线将我和浪漫派连在一起，其一是我在学习院[1]的恩师，清水文雄[2]老师；其二是诗人林富士马[3]先生。

是清水老师把我的小说第一次推介给校门外的社会，并且帮我起了现在的笔名。除此之外，把我带入日本古典文学大门的也是清水老师，他以研究和泉式部[4]而知名，岩波文库出版的《和泉式部日记》就是老师校订的。

1　学习院：1877年在东京创立的学校。1884年置于宫内省管辖下，负责皇族、华族子弟的教育。三岛由纪夫于1931年入学。

2　清水文雄：1903—1998年。日本国文学家，以研究和泉式部、日本中世文学而闻名。

3　林富士马：1914—2001年。日本诗人、文艺评论家、医生。

4　和泉式部：平安时代中期的女歌人，作为女性以直率地吟咏恋爱悲欢而著名，著有《和泉式部日记》。

当时斋藤清卫[1]博士门下的国文学家们创办了一本名为《文艺文化》的杂志，创刊同人有莲田善明[2]、栗山理一[3]、池田勉[4]、清水文雄老师等，颇有日本文学界的“新浪潮派”[5]之势。经清水老师介绍，我写的《鲜花盛开的森林》得以发表在该杂志上，我也由此开始受邀参加他们的同好聚会。

二战期间，《文艺文化》就像一座坚实的堡垒，守护着纤弱的日本古典之美，使其能在夸大的领袖理论和举国参战的功利性意识包围中，免遭侵扰。但同时，其评论文章又过分排除西方式的理性，这一矛盾使杂志主旨多少带有些教条主义。然而如今读来，《文艺文化》完全不似战争中的杂志，出乎意料地刊登了不少闲适平和的文章。现在如果信手翻阅到昭和十八年（1943年）的七月刊，便得见如下目录：

封面及插图……………………栋方志功[6]

敬奉忠灵………………………莲田善明

那智……………………………伊东静雄[7]

1　斋藤清卫：1893—1981年。日本文学研究者。

2　莲田善明：1904—1945年。日本国文学家、文艺评论家、诗人。

3　栗山理一：1909—1989年。日本国文学家、俳句评论家，成城大学名誉教授。

4　池田勉：1908—2002年。日本国文学家，成城大学名誉教授。

5　新浪潮派：二十世纪五十年代末到六十年代初活跃于法国影坛的流派。力图打破好莱坞电影模式，对电影叙事艺术进行独特的阐释和大胆的创新，被法国新闻界冠以“新浪潮”之名。

6　栋方志功：1903—1975年。日本版画家。

7　伊东静雄：1906—1953年。日本诗人。

久尔能麻本吕婆 .... 池田勉

衣通姬[1]传说 .... 清水文雄

达磨歌——定家传[2]........... 栗山雄一

世代流传 .... 三岛由纪夫

枯枝柳 .... 栗山理一

其中,《敬奉忠灵》是期刊前言，援引了《续日本纪》的内容;《那智》是篇诗作;《久尔能麻本吕婆》是关于古语的词源考证;《衣通姬传说》是一篇具有反时代性的随笔，文中提到“文学原本就是柔美体的别称。好比世上没有不柔美的‘花’一样”;《达磨歌》是藤原定家的传记，也最具文学性;《枯枝柳》则是一篇悼念阿图岛[3]上的士兵全员战死的短文。

刊载如此内容的杂志能在那个年代顺利出版，让人觉得不可思议。当然这有赖于杂志同人们的努力守卫。同人中，莲田先生的思想是最右倾的，而栗山先生则是一副超脱的姿态，甚至多少有些玩世不恭。莲田先生在战败后自杀，算是将他的右翼思想贯彻始终。有关莲田之死，在《莲田善明和他的死》一文中有详细记述。这篇

---

1 衣通姬：生卒年不详。《古事记》和《日本书纪》中出现的女性。根据《日本书纪》记载，衣通姬是一绝色美女，允恭天皇因其美貌而将其纳入后宫。然衣通姬惧怕皇后的妒忌，搬出宫外居住。天皇趁行猎时偷偷与其相会，之后受到皇后的劝谏而作罢。

2 藤原定家：1162—1241年。日本镰仓前期歌人，作品多具抽象性、浪漫性。

3 阿图岛：位于太平洋北部的小岛，第二次世界大战期间，日军守备部队在此被全歼。

文章连载于小高根二郎[1]先生发行的杂志《果树园》上。

这些人很佩服佐藤春夫[2]、保田与重郎[3]、伊东静雄等人的文学作为，在聚会中也会频繁地提到他们的名字。那时我开始搜集保田先生的著书，其中《一个戴冠诗人》《日本之桥》《和泉式部私抄》等书，在今日看来也是不可多得、行文优美的好书。虽然他的文章总有些逻辑混乱、晦涩难懂，我却感觉其文体最能真实传达出那个时代的精神面貌。

只是让我深感意外的是《浪漫派的文艺批评》一书，虽然是颇具火药味的评论，但我还记得当时我把保田先生吹捧的作品一本一本找出来，读了之后才发现，世间的无聊作品竟然如此之多！真令人目瞪口呆。这本书也在极大程度上扰乱了我的文学抱负。

不久，我终于有机会见到了这位神秘的保田先生。

二

我记得当时去拜访保田先生，是为了恳请他来我的学校做一次演讲。之后想想觉得奇妙的是，保田先生给我的印象与川端康成先生竟十分相似。身为主人，会客时端坐于客厅的姿态，为数不多又语调低沉的话语中微微流露出的京阪口音，神态自若处变不惊的沉稳……也许是籍贯相同的缘故吧，再加上初次见面时二人都身着和服，总之，二人给我的印象不可思议地相似。川端先生予人的印象

1 小高根二郎：1911—1990年。日本诗人、作家。

2 佐藤春夫：1892—1964年。日本诗人、小说家。

3 保田与重郎：1910—1981年。日本文艺评论家，创办《日本浪漫派》杂志。

与他的文学相比并无二致，但保田先生却是大相径庭。因为从他的文学中，我想象到的是一个谈笑风生、霸气十足的人物。

本多秋五[1]先生的《物语战后文学史》引用了杂志《火神》里的一段对话，其中我讲过一个小偷闯入女子学习院偷便当的事。但保田先生跟我提起此桥段时，我却完全没有印象了。大概由于我是一个说话随意而又健忘的人，那天我肯定说了很多不着边际的话。

现在唯一记得的是，当时我问保田先生："您如何看谣曲[2]的文体？"

保田先生回道："怎么说呢，谣曲自古以来就被比喻成华丽的织锦缎，大概相当于当时那个时代的百科辞典吧。"

其时年纪尚轻的我对保田先生的这一回答感到极度失望。因为失望所以才一直记忆深刻，这对保田先生来说也确是件为难之事。之所以失望，是因为我那时开始热衷于中世文学。特别是谣曲那种华丽的文体，是潜藏着末世意识、用语言的极限所进行的一种美的抵抗。运用这种精雕细琢的华丽语言，理应是需要人的绝望感作为支撑的。关于这一点，我期待保田先生作为一个浪漫主义者，可以给出一种与众不同的解释。但是现在想来，对着一个曾得意扬扬讲述便当失窃事件的年轻客人，先生当然没有义务给予郑重其事的回答。

大概因为我仍旧难改娇生惯养的少爷习性，所以比起抱着敬畏之心与尊敬的人来往，我更愿意能够得到宠爱和关照。保田与重郎、

1　本多秋五：1908—2001年。日本文艺评论家，著有《物语战后文学史》（1960—1965年，新潮社）。

2　谣曲：日本能乐的词章、脚本。

佐藤春夫、萩原朔太郎[1]、伊东静雄这些先生们，记忆中每个人我都仅仅拜访过一次。

中学时代，我与坊城俊民[2]学长谈论文学，每天都要互通厚厚一沓的书信。还与学长东文彦[3]和德川义恭[4]一起创办了同人杂志《赤绘》。但大概是通过《文艺文化》，我才第一次结识外界的文学友人，也就是诗人林富士马先生。

说来有些难为情，因为我是通过林富士马才真正了解何为典型的文学青年的。不言而喻，林是个充满个性的诗人，属于浪漫派，恰如戈蒂埃[5]回忆录中的人物一般。通过他我第一次知道文学和文坛是个如此支撑梦想的地方。此前，在母校温暾肤浅的文学氛围里，于我而言，所谓文坛，只是直通白桦派[6]作家们的豪华客厅的一种印象而已。

着迷般地憧憬文学；将佐藤春夫等浪漫派作家的日常生活传说化；热衷于搜集各种小道消息；在粮食短缺的东京，对艺术家精致浮华生活的向往……而林富士马是这一切现象的象征性人物，在他周围聚集了一些年轻诗人，毫无例外，其中也有诗坛狂徒，这些人虽吝啬狭隘，却营造了生动活泼的浪漫派氛围。这到底是我在母校

1　萩原朔太郎：1886—1942年。日本诗人，被称为“日本近代诗之父”。

2　坊城俊民：1917—1990年。日本国文学家、教育家。

3　东文彦：1920—1943年。日本作家。

4　德川义恭：1921—1949年。日本美术研究者、装帧家。与三岛由纪夫的来往书信收录于《三岛由纪夫十年书信集》(1990年，新潮社)。

5　戈蒂埃：1811—1872年。法国浪漫派诗人、散文家、小说家，著有诗集《珐琅与玉雕》等，还创作大量小说、回忆录等。

6　白桦派：日本近现代文学的流派之一，指《白桦》杂志的同人及其拥护者，追求基于自我意识和人道主义的理想主义。

的文学交往中未曾体验过的。

林富士马的说话方式是这样的:“挺不错吧……是吧，这些地方正是佐藤先生的风格，挺不错吧。”在此之前，我并不知道可以这样从生理角度来表现一个文学家的特质。

为什么我和诗人容易打交道呢？我年少时写过一些拙劣的诗，也曾因师从川路柳虹[1]先生，便认为自己是个诗人，别人大概也对此深信不疑。也许是基于这种自他双方的误解甚至是错觉，我和诗人才会容易交流。至于我是如何从诗人梦中醒悟过来的，相关原委已在我的短篇小说《写诗的少年》中详细描述过，就不再重复叙述了。

三

如果一直身处这样的文学环境，想有朝一日出些作品，也是人之常理。再加上，一旦被召入伍就没期望能活着归来。所以，想给自己二十年的短暂人生留个纪念的想法便越发强烈起来。

这听上去的确很悲壮，但当时身为学生，我心中完全充斥着应该称为轻飘浮躁的虚无主义的东西。十九岁已不再是天真的年纪，我承认对文学的抱负，很大程度也是顺势而为。现在我不愿看《鲜花盛开的森林》初版的序文，因为自己虽不完全是书中所写的那样，但可以发现我身上或多或少有些微的机会主义者的影子。

昭和十九年（1944年）的晚秋，我的处女作短篇集《鲜花盛开

1　川路柳虹：1888—1959年。日本诗人、评论家，最早在日本尝试创作口语体自由诗。

的森林》由七丈书院出版社出版。我想这大概是七丈书院被并入筑摩书房出版社之前最后的出版物。这种无名作家的短篇集能出版问世，完全是仰仗《文艺文化》诸位同人的美言，以及富士正晴[1]先生的直接帮助。

富士正晴现在依旧是不断向社会推出新人的大家。这都是先生无偿的无私行为。我与他素不相识，他却如此帮助我，给予我意想不到的机会，此后我与他也仍旧没有任何交往。他的厚意使我一直在心底铭记着这段明快愉悦的、不可思议的往事。

之后回想，在战时的富士正晴身上已经可以看到某种战后精神的萌芽。这位身材矮小的年轻人不知何故已经在一些小出版社里戴头识脸，他带着我在战争后期的东京街头匆匆忙忙、为工作奔走。与林富士马不同，他不怎么发表个人文学见解，时常用语速很快的大阪方言和别人开玩笑。后来在杂志《海盗》[2]上成就卓越，发挥他无限幽默的精神。他是非常具有活力的，却又不明示其活力的指向，目光炯炯，毫无畏惧，但同时也不忘藏锋敛锐。在富士正晴身上，我能感受到有一根纽带，它最自然的连接着战争时期的日本浪漫主义与充满活力的关西式的战后精神。

但是，在当时已经开始遭到大规模空袭的东京，像《鲜花盛开的森林》这样无关痛痒的作品竟然也出版问世了。在当时那种必须确保出版用纸配额的时局下，我记得申请书上写下了“捍卫皇国文学传统”之类的夸张词句。总之，在用纸量许可得到审批之后，七

1　富士正晴：1913—1987年。日本小说家、诗人。

2　《海盗》：1947年创刊的文艺杂志，创刊同人包括富士正晴、林富士马等。

丈书院使用了一种优质的黄色仿棉纸，德川义恭负责装帧，临摹了光琳[1]的画，使用原色印刷装饰成了漂亮的封面。虽然是破罐破摔，但《鲜花盛开的森林》还是出版了。因为当时没有其他书面世，所以四千册一周便售罄了。如此，我便觉得“死而无憾”了。

毋庸置疑，在当时的年代，它的出版不可能引起文坛上的任何反响。直到很久之后，才有很多人谈论在战争末期购买阅读此书的感想。据此便知，在当时的局势之下，此类书得以出版是多么的不同寻常。

彼时，我刚升入大学，不知何时便会收到入伍通知书。

不仅我个人的生死难以预料，日本未来的命运也未可预卜。可以说那是个罕见的年代，个人的末世观与时代、社会整体的末世观完全吻合一致。虽然我没有滑过雪，但那种感觉大概与滑雪时急速滑降的那种不可思议的快感是极其相似的吧。

处于少年与青年交界时期的人，很容易自恋。自恋到为了自己可以去利用一切，哪怕是利用世界的毁灭。自恋到镜子越大越好。二十岁时，我可以恣意地想象自己是谁。想象过自己是薄命的天才，也想象过自己是继承日本传统之美的最后一个年轻人，是颓废派中的颓废派，也是衰颓时代最后的皇帝，同时还是美丽的特攻队队员。

如此疯狂的想象不断高涨，最终我将自己视为室町时代的足利义尚[2]将军，开始创作《中世》——一篇也许不知何时将因一纸入

1　光琳：1658—1716年。日本江户时代画家、工艺家。德川义恭为《鲜花盛开的森林》装帧的封面，是模仿光琳的杜鹃图。

2　足利义尚：1465—1489年。日本室町幕府第九代将军。

伍通知而中断的“最后的”小说。

四

自之前向保田与重郎先生询问谣曲文体之时起，我心中就始终萦绕着末世观的美学。我把末世观的美学化为了《中世》这部作品。因当时要参加大学的义务劳动，我去了中岛飞机场的工厂，在那里进行创作。作品中使用的宴曲[1]、年轻人的姓名等，后来都在中世研究家多田侑史[2]先生的建议下进行了修改，所以与第一稿相比稍有不同。

《中世》蒙中河与一[3]先生的厚意，在杂志《文艺世纪》上连载。同一时期，承蒙野田宇太郎[4]先生的推荐，短篇《也速该的狩猎》[5]得以在《文艺》上刊出；此外应杂志《现代》的约稿，创作了《菖蒲前》。在空袭日益密集的那段时间，我的文学世界却在一点点地向外扩展。

昭和二十年（1945年）早春，当我的入伍通知书终于送达之时，我却因为支气管炎发了高烧，被误诊为胸膜炎，当天便被遣返回乡。其中错综复杂的经过我已在多处提及，此处便省略不谈。不过，无论入伍通知书是否到来，我都认为“一亿国民宁为玉碎不为瓦

1　宴曲：始于日本镰仓时代，流行于室町时代的长篇叙事歌谣。以武士为中心，主要在宴席上咏唱。

2　多田侑史：1915—2013年。日本茶道家，曾研究日本古代制度、礼法等。

3　中河与一：1897—1994年。日本小说家，新感觉派的代表作家之一。

4　野田宇太郎：1909—1984年。日本诗人、文艺评论家，《文艺》杂志主编。

5　也速该：1134—1170年。蒙古族军事首领，成吉思汗的父亲。

全”[1]是不可避免的，所以将每部作品都当成遗作来创作，包括《在海角的故事》也是如此。在创作这部作品时迎来了战争的结束。这种心境，似乎给我成长时期的心灵带来了强烈的影响。并且至今我仍倾向核战争必将会到来的想法，这也许是因为将过去一段时期的情感体验投射到了未来吧。

虽说战争已经过去了十七年，即便现在，在我看来，现实也不是坚不可摧的，往往会认为它是暂时性的昙花一现。要说这是我生来的性格便也作罢，可是那个时代留给我的印象实在太强烈了。明天可能还会因空袭遭到毁灭，空袭会把昨日还在的一切在今天化为乌有，这种印象仅凭区区十七年是难以抹去的。

如此，在战争期间，我就是仅仅依赖着自己的感性而活着，现在看来愚不可及，不过就当时而言，也是一种无可奈何的生存方式。

不过，人的记忆是不可靠的。去年在某文学全集的月报上，清水文雄老师公开了我从前的明信片。据明信片上所言，昭和二十年（1945年）五月，我当时身在神奈川县高座郡的海军高座工厂，向老师汇报说我将《和泉式部日记》《上田秋成全集》《古事记》《日本歌谣集成》《室町时代小说集》和泉镜花的作品等五六册书放在了桌边，并且将叶芝[2]的独幕剧翻译成了谣曲的候文[3]。

这种事情是不可能说谎的，也许我的确进行了翻译，但在我的记忆当中，这件事完全被抹去了。如果翻译了的话，可能是《在鹰

1　喻指宁愿牺牲，不愿丧失气节，苟且偷生。日本在二战战败前夕，喊出了“一亿玉碎”的口号，煽动日本全民即使在日本本土决战，也绝不投降。

2　威廉·巴特勒·叶芝：1865—1939年。爱尔兰诗人、剧作家和散文家，著名的神秘主义者，是“爱尔兰文艺复兴运动”的领袖。

3　候文：日语文言文体的一种。

泉》[1]这部作品。但无论当时还是现在，我的外语能力都非常浅陋，所以那不可能是像样的翻译，肯定是半途而废了。

由此可见，叶芝与战争末期那个年代无法轻易地联系在一起。我并非要将无法联系的事物费力地纠合在一起，而是拼命地将当时的现实表象舍弃。在我周边，文学上的交往已经消失殆尽，所以我想尽可能地沉浸于微小、孤独的美的趣味中。

虽然想着人总有一死，但我很惜命。每当警报响起时，也有胆大的朋友就那样睡着扛过去，但我总是会抱着未完成的草稿逃进阴暗潮湿的防空洞中。从洞里抬头眺望，远处大都市的空袭景象真是美不胜收。火焰把天空映射得五彩斑斓，在高座郡的夜晚，平原的另一头，那里是奢侈的死亡与毁灭的盛宴，我仿佛眺望的是遥远处的篝火的光焰。

在这样的日子里，我可能的确是幸福的，既不用担心就业，也不用记挂考试。虽然量少，但也能领到食品。关于未来，没有需要自己负责的部分。所以不言而喻，我在生活上是幸福的，在文学上也是满足的。那是一种既没有文学评论家，也没有竞争者，只有我一个人独享的文学上的快乐。……我现在把这种状况说成是幸福，可能难免会被人诋毁是在美化过去。尽管如此，即使我尽可能准确地回想从前的那段时光，也会认为那是唯一一段我没有把我自己当成负担的时期。那时，我觉得自己处在所谓的失重状态中，我的学识修养全部来源于旧书店（实际上，在战争末期，用钱直接能买到的也只有旧书了），我居住的是小而坚固的城堡。

---

1 《在鹰泉》：是叶芝的独幕剧At the Hawk's Well，1916年首次演出，1917年出版，这部剧借鉴了许多日本能剧的特点。

之后，随着战争的结束，不幸突然向我袭来。

五

战争结束后，我还是放不下做小说家的梦想。尽管如此，我也没有自信以写作为立身之本。跟大家的想法一样，我以双重生活为目标，平衡着在校的学习与文学创作。那一时期，我过着一个法学院学生的平凡生活，不像现在年轻人会遭遇各种享乐的诱惑，那时没有娱乐场所，放学也只能径直回家。不过，当时外面的社会正面临狂风暴雨，文坛也迎来了疾风怒涛的时代。

虽然我的内心也想追随这时代的浪潮，但是战争期间一些小文学团体内部对我的评价已如泡沫般消失了。战争末期，我曾经坚信的自己才是时代象征者的梦想也破灭了。我发觉自己才二十岁就已经落后于时代了，这让我不知所措。一直以来我所热爱的拉迪盖[1]、王尔德[2]、叶芝、日本古典，都已经与时代潮流格格不入了。实际上，我这样说有些夸大其词，战争期间反而是允许个人有私密嗜好的。而到了战后，整个社会的思想与艺术理念如自由市场般忽然粗暴地重新开启，在这个时代，社会将不符合自身性质的事物一个个地弃如敝屣。战争时期，一个在小团体中装腔作势的天才少年，到了战后，也不过是无人放在眼里的软弱无力的一介书生。

1　雷蒙·拉迪盖：1903—1923年。法国作家，著有《魔鬼附身》《德·奥热尔伯爵的舞会》等。

2　奥斯卡·王尔德：1854—1900年。十九世纪英国最伟大的作家与艺术家之一，以其剧作、诗歌、童话和小说闻名。唯美主义代表人物，十九世纪八十年代美学运动的主力和九十年代颓废派运动的先驱。

彼时我获知筑摩书房已经兼并了七丈书院，并且搬到了一个旧大厦里的二楼，面对着水道桥和御茶水之间的电车轨道。于是我带着《鲜花盛开的森林》《中世》《海角的故事》等大部分的原稿前往筑摩书房。

十多年之后，我才得知有这样一个笑谈。比我年长、之后成了我朋友的中村光夫[1]，当时担任筑摩书房的顾问，据说他读了那些文稿之后，给它们打了负一百二十分。被打了负分的稿子当然无法面世，我多次前往询问出版进程都徒劳而返，最终我要回了手稿。二十岁的我面临这种状况，得益于母校的教导，方有自信秉持足够冷静的贵族式态度。与此同时，这让我不得不开始考虑接下来唯一的出路，就是只能脚踏实地地学习，成为一名政府官员。

当时，新杂志接连不断地创刊，但是大多数都热衷于采用文学大家的文稿，时代尚未成熟到期待新人的到来。荷风[2]、白鸟[3]等大家的作品，如同久违的拿出来的高级大米在宴请人们，其新鲜的魅力让读者神魂颠倒。

我重新回到拉迪盖的文学起点，开始创作第一部长篇小说《盗贼》。这篇文稿，后来多次给川端康成先生带来烦恼。昭和二十一年（1946年）的正月，我第一次去拜访先生时，带去的应该是《中世》和《烟草》两部作品。由于《文艺世纪》已经停刊，所以当时《中世》只印发了开头的一部分。

为何我当初会有勇气去拜访川端康成先生呢？对此，我的记忆

1　中村光夫：1911—1988年。日本文艺评论家、作家。

2　永井荷风：1879—1959年。日本小说家、唯美派代表作家。

3　正宗白鸟：1879—1962年。日本小说家、剧作家、文学评论家，自然主义文学的代表作家。

也十分模糊。不过连介绍信都没有便去拜访知名作家，我身上是不可能具备这种无谋之勇的。想必当时是发生了什么事情鼓舞了我。我听说先生曾读过《鲜花盛开的森林》和《文艺世纪》上刊登的《中世》，并同某人表达过赞赏之意。不过在当时我确实把这当成了我内心唯一的依靠。

川端康成先生当时租住在蒲原有明[1]先生的家里，位于镰仓大塔宫的后面，他相当于与房东一同居住。当时也没有公交车之类的，只能从车站徒步前往。不过去了之后发现客厅已是宾朋满座，川端先生作为镰仓文库的董事，已经创办了杂志《人间》。此前我只知道单调的学校生活与家庭生活，这时我才初次接触到了战后文坛涌现出的活力。

出版社如雨后春笋般不断出现，对川端先生旧作复刊的请求蜂拥而至。我还见到了川崎长太郎、石塚友二、川上康子等人。我当时对文坛尚不熟悉，看着川崎先生穿着长腰硅胶靴迈着轻快的步伐告辞离开的样子，还以为他真的是卖鱼的呢。

川端先生就默默地坐在正中央，他的表情十分平静，不苟言笑，一如1963年的今天一样。

六

不久之后，我便得知因为川端康成先生的推荐，《烟草》得以在《人间》上刊载的喜讯。我即刻赶往镰仓，向先生表示感谢，至今我也无法忘记当时的喜悦之情。因为那是我的作品首次被介绍给“战

1　蒲原有明：1876—1952年。日本诗人。

后”的正统文坛。

记得先生当时提到《中世》也会在不久之后刊登，这是意想不到的双重喜事。为了仔细推敲，我暂时要回了《中世》的文稿。当我将其放在膝上翻阅时，恰巧遇上久米正雄[1]先生来访。听到川端先生的推荐，他从我手上拿起文稿，快速地翻阅起来，我记得他只读了最后一行，说道："'归思方悠哉'[2]啊，嗯，很有学问啊。"我这个成长于战争年代的学生，居然会引用汉诗，对此，久米先生肯定不禁"微微苦笑"[3]吧。

如此一来，我便可以自由出入镰仓文库了。偶尔大学下课回家的路上，即便没事我也会频频前往大厦二楼的事务所。我也经人介绍认识了《人间》的总编辑木村德三先生，这位难得的"读者"，在小说技巧方面给我提供了很多建议，也给予了我莫大的鼓舞。我在《人间》上刊载的《夜晚的准备》《春子》等早期作品，说是与木村共同创作的也毫不为过，因为我都是按照他的细致提议进行修改或增补的。

我认为新秀作家与文艺杂志编辑的关系应该等同于拳击新手与老练的教练之间的关系。能得到木村的助力，我的确很幸运，但得此幸运的作家不止我一个。文艺杂志的编辑与年轻作家之间，那种超越利益得失的关系至今仍作为传统保留了下来。这种精神如若消失，那么文艺杂志这样的赔本行业就失去了存续的理由。我也想恳切忠告，随着大众传媒的发展，文学新人如果一味地对编辑卑躬屈

1 久米正雄：1891—1952年。日本小说家、剧作家。

2 归思方悠哉：出自唐朝韦应物的《闻雁》。

3 原文为"微苦笑"，为久米正雄所造词语。

膝，或者只想在政治利益上有所往来的话，那只会贬低自我的文学价值。

且说从这一时期开始，我体会到了作为一个新人作家的煎熬就是“被迫等待”的痛苦。关于这一点过去和现在都一样。即使决定了要刊登新人作家的作品，大多也是被当成临时“替补”。每月快到截稿的日子，一旦文学大家和流行作家的文稿送达，新人的作品便会被推到下一个月。我原以为《烟草》会刊登在三月号上，却直到七月号才刊出。我也无法多言催促，看到每月《人间》杂志的报纸广告都很失望。于是也就自然而然地频繁前往镰仓文库，对方也知道我来的意图，因此总是让我在会客室里长时间地等候。

大学下午的课程结束之后，我会来到日本桥，在这里的会客室观察战后文坛的盛况是很有趣的。在这里，我还见过菊池宽先生的身影。他当时带着一位穿着罕见的毛皮外套、非常美丽的中国女士前来，并频频向人推荐这位女士：“我跟你说，这位写的小说非常好，这次写的可是杰作呀。”

每个人都很勤快地在工作，从他们忙碌的样子中，可以感受到新时代的脉动。虽然日本战败了，但是无须再担心遭到轰炸。我们也一同迎来了言论的自由和企业经营的成功，可以看出每个公司员工都充满干劲，从事着各自觉得最有意义的工作。但是，我却时常茫然自失。这究竟是真实的吗？直到昨天为止，我认知中的现实又到哪里去了呢？明明就在不久前，我还认为永远都看不到这种祥和的办公室风景了，没想到仅仅半年就变化成现在的模样！每当这样想的时候，我便从会客室的窗户眺望远处辽阔的燃烧后的废墟，以此获得些许真实的慰藉。

《烟草》刊登在七月号的时候，由于等待的厌倦，我已多少失去了激动。而至于作品的反响呢，坦白讲这部作品完全没有受到关注。我再一次感到失望，便又开始了法律的学习。

七

大概就是在这段时间前后，我和太宰治先生有过短暂的会面，这次会面是必须要记录下来的。

即使不像战争期间那么热衷于交友，战后，我也还是有几个文学界的朋友。

当时我的头衔是“在杂志《人间》上写小说的三岛”。以这样的头衔，要做一个豪放不羁的作家很容易，但是胆小的我却连这个也做不到。我年少时曾师从川路柳虹先生，我的身边有他的公子川路明[1]，现在领导着松尾芭蕾舞团，但是当时他是个性格刚强、自命不凡的少年诗人；还有现今社会党的麻生良方[2]，曾经是个眉清目秀的流里流气的少年，出版过诗集《黑蔷薇》；剧作家矢代静一，是他第一个向我传达了年轻人对太宰治的疯狂推崇。此外，还有身材丰满的三十岁女诗人等等，各种不可思议的人物都和我有交往。但是我已经丧失了战时曾占据我生活主位的所有梦想，所以只感到现实无比悲惨。虽然正值青春韶华，我却没有太多生机勃勃的朝气。

太宰治于昭和二十一年（1946年），也就是战争结束第二年的

1　川路明：1925—1995年。曾从事诗、小说、翻译等文学创作，1945年出演芭蕾《失乐园》并出道。

2　麻生良方：1923—1995年。日本政治家、政治评论家。少年时向往成为诗人，自费出版了诗集《黑蔷薇》。

十一月来到东京，发表了许多著名短篇之后，从二十二年（1947年）夏天开始在《新潮》杂志上连载小说《斜阳》。

此前我曾在旧书店搜寻过他的《虚构的彷徨》，读过其三部曲和《庸俗的青年》。不过阅读太宰治的作品，对我而言也许是最糟糕的选择。那些自我嘲讽的描写是我生来最厌恶的，而且作品中时隐时现的文坛意识，以及类似于负笈离乡、进京求学的少年那般土里土气的野心都是我最不堪忍受的。

当然，我承认太宰先生的稀世才华，不过从一开始就让我从生理上感到排斥的作家也很少见。也许是出于某种爱憎法则，也许是因为他是那类故意把我最想隐藏的部分暴露出来的作家。因此，在他的作品中，许多文学青年会发现自己的肖像画并感到喜悦，而在同一位置，我却可能慌忙地背过脸去。但是直到今天，我身上仍有一种在城市长大的人所固有的偏见，只要遇到哪怕一丝一毫使我感受到“负笈离乡进京求学的少年那般土里土气的野心”，我就忍不住要捏紧鼻子。那之后，在许多出道时崭露头角、乍一看像都市派的时髦作家中，我也会在第一时间嗅到那种让人无法忍受的习气。

在我周围的年轻人中间，“太宰热”越来越沸腾，到《斜阳》发表时几乎达到了沸点。于是我变得越发固执起来，终于公开表明自己讨厌太宰治。

《斜阳》发表时，社会以及文坛上都异常激动。大概是因为那个时代既没有电视，又缺乏普通的娱乐，所以文学性的事件才能够吸引到大众的关注吧。若是现在，这种牵动整个社会的文学狂热是无法想象的。比起当时，现在的读者似乎也变得过于冷静了。

我也即刻阅读了《斜阳》这部书，不过刚读第一章我就读不下去了。作品中的所谓贵族，当然都包含着作者的寓意，即便是真实的贵族也无可厚非。但既然是小说，自然多少要有些“真实感”。无论是人物对话的措辞还是生活习惯，作品中的描写都与我所熟悉的战前旧贵族阶级有着天壤之别。仅此就足以让我感到厌烦。此外，贵族的女儿岂能将厨房说成“炊事房”呢。还有“母亲的进餐方式”，这类表达的正确说法只能是“母亲大人的用膳方式”。作品中这位母亲觉得凡事都要用敬语，甚至对自己也使用敬语：“和子啊，你猜猜看母亲大人现在正作何贵干啊？”诸如此类。不仅如此，接下来还描写了她在院子里站着小便！

凡此种种，使我对太宰治文学的批评越发尖刻，因此朋友们好像对促使我和太宰治见面这件事很有兴趣。那时矢代静一和他的朋友已经经常出入太宰治的府邸，他们随时都方便带我去。

八

现在我也记不清是什么季节去拜访太宰治的，如果是《斜阳》连载结束的时候，那应该是在秋季吧。至于带我前去的人，则可能是矢代静一和他的一位文学好友——之后早逝的原田吧，对此我也记不清晰了。

当时，我好像是穿着碎白点花纹的和服还加上袴。我平常几乎没怎么穿过和服，之所以选这身打扮，是因为我十分在意太宰先生。夸张地说，我当时的心境就像一个怀揣匕首出门的恐怖主义者。

前去的地方好像是一家鳗鱼店的二楼，我登上昏暗的楼梯，打开隔扇门，便发现大概二十平方米的房间内，有一群人坐在昏暗的灯光下。

或许当时的灯光很明亮，可在我的记忆里，一联想起战后一段时期“赞美绝望”的氛围，无论如何都觉得榻榻米必须是起了毛边的，灯光也必须是昏暗的。

太宰治和亀井胜一郎[1]并排坐在上座，其他年轻人围绕着他们，依次散坐在房间的四周。我在朋友的介绍下寒暄了几句，立即就被请到太宰先生面前的座位上，并得到了一杯酒。我感觉现场笼罩着某种非常惬意的氛围，如同相互信任的祭司与信徒一般，大家对太宰先生的一言一语都很感动，并且悄悄地分享着这种感动，然后等待着下一个启示。也许我有一些先入为主的成见夹杂其中，但这里确实漂浮着一股极为甜腻的空气。虽然简而言之为“甜腻”，但与现在年轻人的撒娇方式又有所不同，是那个时代特有的、令人悲伤感动的，同时又充满自己才是时代象征者的那种自负，它是隐约灰暗的、抒情的……总之那是典型的“太宰式”的情调。

在过来的路上，我已想好无论如何至少有些话要一吐为快，一直在伺机见缝插针。如果不说出来，我此行将毫无意义，并且自此我肯定也会失去在文学上的生存信念。

但十分羞愧的是，我是以非常含糊其辞的语气，莫名其妙地微笑着把话说出来的。换言之，我对着近在眼前的太宰先生本人这样说道：“我讨厌太宰先生的文学。”

那一瞬间，太宰先生突然凝视着我，身体微微后仰，露出了措手不及的表情。可是，他旋即放松了身体朝向亀井先生，又并无特定指向地说道：“你虽然这么说，可既然你来了，所以还是喜欢的吧，

1　亀井胜一郎：1907—1966年。日本评论家，研究日本古代美术和佛教思想。

对吧，还是喜欢的啊。”

至此，我有关太宰先生的记忆就戛然而止了。也许是因为我感到窘迫便匆匆告辞了，太宰治的面孔从战后的黑暗深处突然靠近我眼前，转瞬间又退回到黑暗之中。他那张仿佛受过沉重打击的脸，假装成救世主一般的脸，所有意义上的“典型性”的面孔，再也没有出现在我面前，从此消失了。

我现在的年龄大约与当时的太宰治差不多，虽然我从不曾对自己年轻时的意气用事感到后悔，但如今我能体会到他当年被初次见面的青年迎头痛击“我讨厌你的文学”时的那种心情了。因为我自己也曾几度遭遇过这种情况。

我曾在意想不到的地点、意想不到的时间，遇到一个陌生的年轻人，他咧嘴微笑着向我靠近，因为紧张而面色苍白。为了不错过证明自己果敢诚实的机会，他突如其来地对我说：“我讨厌你的文学，非常讨厌！”似乎碰到这种文学上的刺客，是作家的宿命。毋庸置疑，我不喜欢这样的年轻人，绝不宽恕这样幼稚的行为。我要么沉着地笑着敷衍过去，要么就佯装没听见。

不过，我和太宰治的不同，进一步说，我们两人文学上的不同，可能就在于我绝不会说出“既然你来了，所以还是喜欢的啊”之类的话吧。

九

与最近的文学新秀相比，我深感自己的新人时期是幸运的，（这也是由于我初登文坛之时并不是轰轰烈烈的缘故），因为当时我可以非常悠闲地从事创作。不像现在，得了芥川奖就立即被人围得水泄不通。当年文坛的外围还有两三种周刊杂志，中间小说[1]也尚未盛行，又没有推理小说和电视……取而代之的是许多竞争激烈的文艺杂志，使我能够按照约稿来慢慢进行所谓“纯文学”短篇的创作训练。杂志编辑也比现在悠闲得多，现在已完全变成专门刊登中间小说的某杂志，在当时也是可以优哉游哉地进行文学创作的园地。以前，新人作家出道之后，直到具有商业价值，其间需要漫长的时间。举个例子，我于昭和二十一年（1946年）初登文坛，而第一次在妇女杂志上撰写连载小说是在昭和二十五年（1950年）。

话说当时，我曾有过唯一的一次被劝邀加入共产党的经历。邀我入党的小田切秀雄肯定早就忘记此事了，而且或许他自己也只是随口一提，却给我留下了异常清晰的印象。

那是在某个座谈会上，我第一次见到小田切秀雄，会议结束后，因为我们回去的方向相同，所以便一同走到地铁银座站，在等电车时，他跟我提起入党的事。

地铁的车站有些脏污昏暗，也许是聊其他话题时顺带提起的，但他的确是若无其事地用温和的语气说：“你不加入共产党吗？”他就是用这样的口吻，而且他的语调中充满了真诚。

还记得听到他用这样的语气邀我入党时，我霎时惊讶得说不出话来。这时，电车发出轰隆隆的声音进站，完全盖住了我的惊愕。而且，电车里十分拥挤，人群将我和小田先生挤散，我们之间的谈话也就此被打断了。

现在，大概不会再有人来劝我加入共产党了吧，此话暂且不论，我至今仍觉得不可思议的是，曾经有人向我发出了如此诚恳的

1　中间小说：指介于纯文学和大众文学之间的小说。

邀请。放在当时的时代背景下来看，这只是微不足道的插曲，不过假若那时我答应了，结果又会是怎样的呢?

这样想来，我感觉个人政治立场的形成，不仅需要坚定的思想和深刻的人生经验，意想不到的偶然或契机也起到相当大的作用。我现在的政治立场，想想也是敷衍含糊的，而且与其说这是我自己选择的，不如说是诸多偶然的作用，或是因为某种力量自然而然变成了这样。由此，在另一方面，我也形成了一种根深蒂固的想法：反正政治也不过如此。

想到太宰治的同时，我也不免想起了田中英光先生[1]，他可谓是太宰先生的忠实仆人。镰仓文库搬到了茅长町，新办公室前面是都营电车站。田中英光先生的身影连同那饱受强风吹袭的都营电车站一起留在了我的记忆中。这又是在车站发生的一幕。

那时已有传闻说田中英光吸食非洛滂上瘾和酗酒撒酒疯，再加上他是六尺多高的大个头，虽然仅有过一面之缘，但我还是保持戒心从远处向他点头致意，他亦回以颔首。那日天气非常炎热，他脱下外套拿在手上，白色衬衫被风吹得鼓起来。因为我与他之间保持着距离，所以互相没有任何交谈，但我不禁想到，他这样热衷文学和政治，却因感伤和颓废糟蹋自己的身体，是不是搞错了人生的使命呢？他如果老老实实地划自己的人生航船，应该不会出现什么偏差吧。即便他成了小说家，但若他的性格更为坚强，强拉硬拽着太宰治让太宰按航线来划船的话，又会怎样呢？为什么神明要给予这六尺壮汉如此软弱的一颗心呢……

1　田中英光：1913—1949年。日本小说家，太宰治的门生。太宰治自杀后，他受到巨大打击，开始吸食安眠药等，后来在太宰治墓前自杀。

在我想着这些事的时候，像村庄里的烽火台一般孤独的田中英光，脚步踉跄地乘上刚刚到站的电车离开了，那是我看到的他最后的身影。

十

既是创刊号也是停刊号的杂志《序曲》于昭和二十三年（1948年）出版。在所谓战后派文人齐心合力出版这部杂志之前，我就已经与他们逐渐相熟有所往来了。在《序曲》全体同人出席的座谈会上，大家在讲些什么完全不知所云。这场独特的座谈会让人联想到字面意义上的杯盘狼藉，而造成这种情况的根基，是之前便培养而成的。

我并不知道自己究竟是否属于“战后派”，但从当时的氛围来看，如果不被贴上“战后派”的标签，只会被视为落后于时代的旧文学。至少在新人作家之间并不承认所谓的中间形态或者个人风格的存在。在这种风潮下，我的真实想法是既满足于旧文学，又知足于新文学。仔细一想，直到现在的十五年间，我不断地在内心叨念着:“既满足于旧文学，又知足于新文学”。因此，我至今从未觉得自己有过文学的“鼎盛时期”。

现在回想起来，与其说当时是创作成果丰硕的时代，不如说是我国近代文学史上不曾有过的“批评时代”。而我那时作为新人尚未形成批判性的思维，只凭感觉说话，凭感觉判断，因此，理所当然地觉得一切都莫名其妙。虽说所谓的战后文学时代预示着那是一个各个文学派别相互对立的时代，但在某种意义上，也是那些相信“文学盛世”已经到来的人们的时代。

在这些文学流派中，一开始让我觉得比较亲近的是马蒂涅诗人俱乐部[1]。我在战争期间极力捍卫的美的教养，由于战败而完全告吹，心情就像兑换新币时财产全被冻结了一样。而马蒂涅诗人俱乐部仍理直气壮地宣扬“不合时宜”的美与诗的教养，尽管当下并不流行。所以我不吝于为这些人鼓掌。这种心情，宛如连我的旧币也托他们的福有了价值一样。

不过，在观察中我发现他们的行动变得相当充满政治性，而当我得知他们都是堀辰雄[2]的门生时，心中便稍感失望。虽说堀辰雄自身因为疾病，始终是一位孤傲的诗人，但他身上可能也潜藏着这样的政治要素。或许若是全无这种俗气也写不出小说来。然而，不可否认的是，马蒂涅诗人俱乐部成员们那诗意的装扮与在文坛上的行动之间，的确令人产生某种违和之感。

我记得第一次见到加藤周一[3]和中村真一郎[4]，是在杂志《光》的座谈会上。当时还有几位女士，好像是读者代表，但那并不是一个非常严肃的文学座谈会。加藤周一那检察官似的眼睛令我畏惧，我感觉他每说一句话，都像在教师办公室训斥顽皮学生一样。相比

1 马蒂涅诗人俱乐部：1946—1948年活跃于日本文坛的诗人俱乐部，以西欧象征诗为典范，探求创作日语押韵定型诗的可能性，出版《马蒂涅诗人俱乐部诗集》，同人有中村真一郎、加藤周一、福永武彦等。

2 堀辰雄：1904—1953年。日本小说家，著有《圣家族》《起风了》《菜穗子》等。

3 加藤周一：1919—2008年。日本文学评论家、小说家，著有《日本文学史序说》等。

4 中村真一郎：1918—1997年。日本小说家、评论家，著有《死的影子下》《四季》等。

之下，我觉得中村先生更加温和且平易近人。

座谈会上偶然谈及殉情的话题，那确实是在太宰治殉情事件发生之前的事。我大言不惭地说："若是年轻人的殉情，不是很美好吗？"瞬间完全暴露出了战争期间浪漫派的本色。

中村真一郎面露难色地说："你那么说可不行啊，那样想的话可难办了。"他虽对我百般反驳，但听上去就像泛泛地讲述概论式的人道主义说教。于是我确信：这些人不认同危险之美。

这样又怎能理解能乐和《新古今和歌集》呢？

我并不想批评现在的中村真一郎，说他是"不认同危险之美"的作家。我只是想尽可能真实地唤起我当时的感受而已。并且那时我依旧坚持难以改正的非逻辑性的习性，对任何事都是凭直觉去武断地表述见解，不管结果是否难以收拾。

十一

在马蒂涅诗人俱乐部成员的作品中，我对福永武彦[1]和洼田启作[2]的作品是抱有好感的，但杂志《方舟》那种毫不掩饰的法式腔调却令我反感。这种法式腔调，如果像堀辰雄的作品那样随个人喜好自取自用的话尚好，但马蒂涅诗人俱乐部却让法国的三色旗飘扬在尖锐的批评矛头上，这就让我觉得这种腔调更加离谱了。比如，无论他们怎样赞美法国小说家对政治是如何地关注，我也坚定地认为，法国是法国，日本是日本，不可一概而论。

1　福永武彦：1918—1979年。日本诗人、小说家，著有《风土》《海市》等。

2　洼田启作：1920—2011年。日本诗人、法国文学研究者。

尽管如此，回想当时的情景，我也曾想过，在我能够与这些人进行稍微成熟一些的对话之前，自己能够再成熟一些就好了。我虽然即将成为法学学士，但自知缺乏逻辑性，我不断告诫自己不仅是言论，在小说创作上也必须要更加、更加、更加地具有逻辑性。在这一点上，我可能无意中受到了这些非常讨厌的、矫揉造作的前辈们的影响。

不久岩谷大四[1]开始在镰仓文库编辑杂志《文艺往来》，这本杂志在文坛上十分活跃，并且开始接纳带有旧文坛习气的新人作家，我的周边也逐渐热闹起来。很多时候觉得很是有趣可笑，会觉得"欸，文坛原来是这样的啊"。常常我也会被邀请前往文人聚集的酒吧，但我讨厌酒席上污言秽语的争论。

对于当时的酒吧我已经记忆模糊了，但其中有一家很有特色，就是位于神田的咖啡馆兼酒吧的"兰波"。

战后文学与这家酒吧有着密不可分的关系。凹凸不平的砖地上，到处摆着花盆，在白天也很昏暗的店里，有位出名的漂亮女侍。那时，有一部叫《悲恋》的电影正在首映，是让·谷克多[2]创作的脚本。除了金发与黑发的区别，电影中那位神秘的女主演玛德琳·索洛涅和这个漂亮的女招待非常相似。

战后文学的作家们给我的印象过于集中在这家店，以至于在其他地方发生的事情到现在我感觉也都像在这里发生的，非常不可思议。

1　岩谷大四：1915—2006年。日本文艺评论家。

2　让·谷克多：1889—1963年。法国著名导演、编剧、作家。

例如，当时喝得酩酊大醉的椎名麟三[1]说："唉，我已是遍体鳞伤了啊，如果发生革命，像我这样的一定最先被上绞刑啊！"这实际上是在涩谷的一家酒吧说的，但我现在仍觉得是在"兰波"，感觉这样更吻合。

又比如野间宏[2]，用他那宽容迟缓的语气严肃地说："不是什么时候爆发革命，而是革命早就已经开始了，我们正处在革命的进程中呀。"这确实也是他在别的地方说的话，但我却觉得更像是在"兰波"昏暗角落里的椅子上说的。那样感觉更贴切。

埴谷雄高[3]也是如此。也许他现在正在别的酒吧喝着酒呢，但毫无疑问，将他置于当时的"兰波"，那个背景看上去更适合他。更不必说那位战后宗派的"大和尚"武田泰淳[4]了。

另外，这些作家都是杂志《序曲》的同人。《序曲》创刊时声势浩大，但如前所述，只发行了一期便停刊了。与其说是因为战后文学的衰退，不如说是同人诸位都是太过杰出的作家，被其他杂志约稿的机会太多所致。也就是说，从我被视为奇特、落伍的唯美派开始，经年过去，终于将要被接纳为战后派文学阵营的一员时，这个据点却四分五裂了。假如《序曲》在当下也能坚持当初的精神（这诚然不过是一个不可能的梦想），那么战后的文学状况也许便与今

1　椎名麟三：1911—1973年。日本小说家，著有《深夜的酒宴》《永恒的序章》等。

2　野间宏：1915—1991年。日本小说家，著有《真空地带》《青年之环》等。

3　埴谷雄高：1910—1997年。日本小说家、政治思想评论家，著有《死灵》《虚空》等。

4　武田泰淳：1912—1976年。日本小说家，著有《司马迁》《富士》《风媒花》等。

日所见有所不同了吧。

尽管在当时总感到心情郁闷，不过现在我反而怀念那种有爆发力的、晦涩难懂的文学盛世。如今天这般可怕的庸俗时代的到来，在当时是完全预想不到的。

十二

查阅当时的笔记，《序曲》同人召开座谈会是在昭和二十三年（1948年）十月六日，那天晚上，因“昭电贿赂案”[1]，芦田内阁全体辞职的号外铃声响遍了街道。现在想来，自从有了电视，我们便失去了对号外铃声感到惊讶的习惯，对于街上偶尔响起的铃声，也认为它一定是报纸要花招所发的号外。

《假面的告白》是我创作的属于自己的第一部“小说”，为了回溯当时的文学心境，尽管可能会让读者感到厌烦，我还是想稍微细致地整理一下我的际遇。因为这部“小说”和数年后我的第一次世界旅行，可以说基本上成为我文学游历时代的终点。当然，按吉右卫门[2]式的说法：“是的，演员是一辈子的修行。”若是这样以谦虚示人的话，那么如今已三十八岁的我，也一定还处于游历的时代吧。

1948年夏天，我下决心要辞去大藏省的职务，9月2日提交了辞呈，9月22日收到了“依愿免职”的文书。

1　昭电贿赂案：日本1948年发生的复兴金融金库向昭和电工株式会社贷款的行贿受贿事件。事件中许多政界和财界人士遭到逮捕和控告，导致芦田内阁的倒台。

2　中村吉右卫门：日本歌舞伎演员世袭名号。

另一边，我已开始了与现在作家类似的生活方式，领到免职文件，向大家打完招呼后，我便直接去参加演讲和座谈会。那天晚上和现在一样，也是通宵达旦写小说的一天。尽管如此，我还是心有不安，担心辞去公务员的工作后，生活上有后顾之忧。但是，我极为合理地认为：

“至少现在不成问题吧。”

“五六年之后就不得而知了。”

“不过，为了五六年之后生活能够维持下去，现在必须倾尽全力做好基本的工作。”

我用这些道理来使自己安心。

为此，我觉得还有必要加强运动，强健体魄。到了十月，我便加入了以前主马寮[1]的宫廷骑马俱乐部，但是，恰好那时我又接到了河出书房邀写新书的委托。这一邀约对我来说，实在是适逢其时、正中下怀的提议。

这样写，似乎显得我的做法既合理又有建设性，但另一方面，我对自己终于成了职业作家这点是感到紧张的，同时也感受到了精神和肉体衰亡的危机。

那时，我年轻的文学好友们，同时遭遇到了死亡或疾病。其中自杀、精神失常的多达数人，病逝的也接连不断，迅速陷入贫困的远超两三个人，我短暂的、文学的青春正以惊人的速度褪去它的色彩。同时，那又是对战犯的审判结果开始公之于众的时代。政界贪污事件层出不穷，我去检察厅参观学习，就偶然看到了芦田均[2]的

1 主马寮：日本明治时代以后，宫内省管理马匹和牧场的机构。

2 芦田均：法学博士、外交史家，1948年期间担任内阁总理大臣一职。

女婿被捕的情景。占领军的腐败行径也多有耳闻，那时流传着这样的故事：如果你去驻日盟军某高官的办公室，他打开第一层抽屉并对你一笑，其意是向你索贿的金额以万元为单位；打开第二层抽屉并对你一笑，索贿金额就以十万元为单位；打开第三层抽屉并对你一笑的话，索贿金额就以百万元为单位。当时社会上的风气也是如此，就如奇怪的末世已降临一般。在那个时代，曾是大财阀的某人若转天有访客，会匆匆忙忙去借钱，在回家的路上亲自买肉回来。

在这种状态下，我暗中写了一些讽刺性的警句，例如：“不管再次落下原子弹还是怎样，我都不在乎。对我而言重要的是，地球的形状是否因此能变得稍微美丽一些。”无论如何，或迟或早，我都迫切地需要亲自来彻底地分析一下这种自暴自弃的、虚无的唯美主义赖以依存的证据。

虽然我孜孜不倦地胡乱写着短篇小说，但其实感觉活得无可奈何。我时常陷入强烈的无力感，时而深深忧郁，时而又莫名兴奋，心绪总是阴晴不定。一天之内，一会儿觉得自己是世界上最幸福的人，一会儿又觉得自己是最不幸的人。“自己的年轻到底有意义吗？不，自己究竟真的年轻吗？”这些问题让我困惑不已。

十三

若说青春的特权，一言以蔽之，大概就是无知的特权吧。歌德曾说过：对人而言，用非其所知，知非其所用。大人认为每个人都有自己的人生故事，有不可告人的秘密，有各自的特殊处境。但年轻人则认为自己的特殊境遇是世上独一无二的。

一般来说，这样的想法适合写诗，不适用于写小说。但是《假面的告白》是我强行将这种想法用小说的形式表达出来的作品。

因此感觉上的真实和一知半解，在那部小说中处处联系在一起。对于人的本性，对于人们慎重地缄默不语的事情，我急于从逻辑上去解决这一切，这种焦躁和将其公之于众的勇气夹杂在一起。然而，我现在终于深深地明白，那部小说正是我依靠时代和时代的力量才创作出来的唯一的小说。

因此，我写这部小说时干劲十足，一共写了十八种序文，最长的九页，最短的一页。结果，最终决定还是不附序了。

在此之前，我首次尝试创作的长篇小说《盗贼》同样如此，由于我过于投入热情，结果导致我没能恰当地分配自己的精力。上一代松本幸四郎[1]七十多岁演出《劝进帐》[2]时，会在出场通道处稍作休息以积蓄体力，因此从终场的“延年舞”[3]到退场的“飞六法”[4]，丝毫不见他精疲力竭的样子。与之相反，他那些正值年富力强的年轻弟子们，在扮演弁庆[5]的时候，后半场反而让人觉得气力不支。这完全是体力分配技能上的差距所造成的。我在写长篇小说时总会想起《劝进帐》的这段插曲。

1　松本幸四郎：日本歌舞伎演员世袭名号，艺名如今传至九代。

2　《劝进帐》：日本歌舞伎剧目，讲述逃亡中的源义经主仆的故事。源义经为平安末期的武将，是源义朝的弟弟。他响应义朝起兵，后与之对立而逃亡，最终遭遇袭击自杀。

3　延年舞：日本寺院演剧之一，寺院法会之后的游宴歌舞。

4　飞六法：“六法”又称“六方”，指歌舞伎表演中伴有特殊动作的台步。“飞六法”为其中一种类型，是《劝进帐》主角弁庆的动作。

5　弁庆：？—1189年。日本平安末期武僧，在比睿山西塔修行，喜好武勇，后侍于源义经，跟随义经逃亡。

《假面的告白》前半部的充实和后半部的粗糙，谁都能看出其中明显的差别。对此，神西清[1]先生虽然给予了善意的解释，但我明白这就是单纯的技巧失败。

后半部的粗糙是由于我已筋疲力尽，又过分担心截稿日期所导致的。

最终，我总算完成了这部作品，眨动着睡眠不足的惺忪睡眼，在昭和二十四年（1949年）四月二十四日将三百四十张原稿亲手交给了河出书房的坂本一龟，地点毫无疑问的是在"兰波"酒吧。

创作了这部作品，使我的心情得到了很大的放松，也增强了我的自信。想来有些不可思议。

次月，我观看了喜多实[2]的《隅田川》，非常感动，当时默默写道：听着久违的笛声，古代的悲调穿彻肺腑，那静谧的绝望在无限摇曳。而战后派的绝望与之相比不过尔尔。

《假面的告白》就像一部想方设法要征服我内心怪物的小说，写完这部小说后，在二十四岁的我的心中，清晰地出现了两种截然相反的意向：一个是无论如何都必须活下去；另一个则是对精确、理智而明朗的古典主义的倾斜。

我觉得自己终于懂得诗的本质了。我也明白少年时代让我那般欢欣鼓舞，之后又让我感到那般痛苦不堪的诗，实际上是伪造的诗，是抒情的放纵宣泄而已。就这样，我认识到认知才是诗的本质。

与此同时，我也厌恶了自己一直以来恣意放纵的感性才能，决心与其彻底告别。

---

1 神西清：1903—1957年。日本小说家、评论家、翻译家。

2 喜多实：1900—1986年。日本能乐师。

没错，正因为如此，我要更多地阅读森鸥外的作品。借助他规范正确的文体、冷静的理智、极度克制的热情来锻炼自己。

此外，我还认为“小说家做出一副愁眉苦脸的样子很古怪”，“小说家就应该始终兴高采烈。无论阅读司汤达还是巴尔扎克的作品，不管怎样悲伤的书页背后，都会浮现出作者眉欢眼笑的神色。既然我也是一名小说家，就必须成为一个总是心情愉悦的男人”。

十四

就这样，我终于成为少年时代便一直憧憬的小说家、职业作家了。

也许是因为当时社会对待新人作家的态度不像现在这般狂热，我并没有体会到成为小说家的隆重感。极端而言，我的心境倒很像一个怀疑自己有某种疾病的男人，感受到被告知确切病名并被安排到医院病床上时的那种安心与舒畅。终于，我也摆脱了令人窒息的普通社会人的压力，安稳地待在一个只有局外人的特殊部落中得以舒一口气。

从这时起，我也开始从事另一个我憧憬已久的工作——创作戏剧。昭和二十三年（1948年）秋天，我创作了第一部独幕剧《火宅》。

戏剧有两种入门方式，有人从知性的兴趣入门，有人则全身心地融入其中，若论起来我则属于后者。从孩童时代起，因为祖母喜欢看戏，所以她经常讲起戏剧的话题，并送我在歌舞伎座[1]买的拨浪鼓玩具。尽管我对歌舞伎很憧憬，难以置信世上竟有如此

1　歌舞伎座：位于日本东京银座专门上演歌舞伎的剧场。

美妙的东西。但大人们考虑到这不利于孩子的教育，所以直到小学毕业，都没有带我去过歌舞伎座。于是，这越发使我向往戏剧。不过，奇妙的是大人们反倒是允许我随意观看电影，明明这于教育更加不利。夏里亚宾[1]主演的《堂·吉诃德》、众人熟知的《舞会的名册》[2]、乌发电影公司的各种轻歌剧电影等，我都在帝国剧场看过首映。

中学一年级时，我第一次观看了歌舞伎，是当时在歌舞伎座拥有观众相对较少的《忠臣藏》，由羽左卫门、菊五郎、宗十郎、三津五郎、仁左卫门、友右卫门[3]等所在的剧团演出。从序幕开启的那一刻，我便完全被歌舞伎征服了。直到现在，我几乎每个月都不间断地去看歌舞伎。初中到高中阶段，我开始怀着旺盛的学习热情观看歌舞伎，当时记录下来的各种类型的竹本剧[4]及其重要情节和台词，至今仍记忆犹新。

另外，我的外祖母正在学习观世流[5]的谣曲，也争着带我去观赏能乐剧。我最初观看的是相对朴素的《三轮》[6]，但这也足以令我为之着迷。

虽然是偶然的选择，但是我平生第一次观看的歌舞伎演出，便是《忠臣藏》那庄重的开场戏；第一次欣赏的能乐剧，便是天岩

1　费多尔·伊万诺维奇·夏里亚宾：1873—1938年。俄罗斯男低音歌唱家。

2　《舞会的名册》：1937年上映的法国电影，1938年在日本首映。

3　市村羽左卫门、尾上菊五郎、泽村宗十郎、坂东三津五郎、片冈仁左卫门、大谷友右卫门，皆是日本歌舞伎演员的世袭名号。

4　竹本剧：歌舞伎剧本中，加入了竹本义太夫（1651—1714年）所创义太夫调的戏曲。

5　观世流：日本能乐的流派之一。

6　《三轮》：能剧剧目名称，“三轮”为日本地名，在今奈良县樱井市。

户神话中的“神游”一场。这可以说是日本艺能之神对我的特殊优待吧。

我完全不具备新剧[1]（话剧）的知识素养，虽然我时常信手翻阅外国的剧本，但对翻译过来的戏剧兴味索然，对不合时宜的郡虎彦的剧作倒很是着迷。我始终无法放下做戏剧的愿望，是《人间》杂志给了我机会，让我创作了第一部独幕剧。

刚开始动笔的时候，我感到惊讶的是，稿纸就像放学后的运动场一般大得离谱，看上去空荡荡、白茫茫的，而我不知道该如何用文字将其填满。

在尝试创作戏剧之后我才明白小说的可贵之处，明白了小说因为描写和叙述，创作起来有多么的容易。而戏剧只通过对话来表现一切事物有多么的困难！我甚至连用台词填满四百字一页的稿纸都做不到。

首先，小说中的对话若论起来其实是不需要的（当然也有像陀思妥耶夫斯基的作品之类的例外），而其之所以存在，多数也只是展现写实的技巧罢了。但在戏剧中，台词便是一切，戏剧台词必须要有一定的形式，就如同我从能剧和歌舞伎中学到的那样。

我痛苦挣扎着写完了三十多页的小剧本，剧本中的舞台指示等说明完全效仿了郡虎彦的作品，内容则以辞藻华丽的古典文体过度地修饰。《火宅》在《人间》上发表后，竟意想不到地收到了俳优座[2]的公演申请。他们希望由当时在“每日剧场”演出的“创作剧研究

1　新剧：相对于旧剧即日本传统戏剧的称呼，吸收西方现代戏剧手法，以现实主义为主反映现代生活。

2　俳优座：日本新剧剧团之一。

会”成员出演此剧，这令我欣喜若狂。

十五

1949年2月《火宅》首次公演时的激动心情，至今我仍记忆犹新。

当然，因为这是一个小型演出团体，所以舞台道具都很简陋，终场的通天火焰的模拟也与我的想象相去甚远。不过，这个研究会演出的戏剧中，也有几部如正宗白鸟的《捕获天使》那样有趣的小剧目。而且，像我这样新人作家的剧本，能由青山杉作执导，千田是也和村濑幸子饰演剧中夫妻的角色，可以称为豪华阵容了。

小说在写作完成后即告结束，作者便可以放之不管。但是戏剧则是从创作完成时才真正开始，因此之后的乐趣是无穷的，并且这时的乐趣也不再伴有辛苦与责任。坦白说，当时我内心甚至在想，怎么会有如此有趣的工作呢？

不过，仔细想想，这种看法经不起推敲。因为若是将整个生活全部投注在戏剧上，便不可能有如此心境了。把自己的作品委托给他人之后，便会感到无比的焦灼不安，首日公演的绝望与愤怒往往也让自己不知所措。实际上，我就认识那些脾气暴躁的剧作家们。过后来看，我始终不知道是否因为自己不负责任、外行、乐观或马马虎虎，总的来说我在公演首日即感受到了幸福。很久之后我才体会到首演时身为剧作家无处发泄的愤怒和不满，因为那时我开始为商业演出创作剧本了。

现在，我有些后悔成为一名剧作家。因为我几乎失去了作为一名纯粹的观众来欣赏戏剧的人生一大乐趣。

此外，创作了两三部戏剧之后，轻易地就让我满足了在文坛难以企及的权力欲望。可仔细想来也实在毫无意义，倘若掌控的是撼动一国政治和经济的权力，还算有其价值，而拥有这样的小小权力则毫无用途，倒不如摒弃一切权力与人际关系，待在书房专注于个人的艺术创作。

不过，就算这世上内心最纯净无瑕的人，一旦立志创作戏剧的话，最终也必定会苦不堪言。这就是从事戏剧工作的悲剧。加藤道夫就是其中一例，直到现在，我仍然偶尔会想起他来。

实际上，我打算以1951年至1952年的第一次世界旅行作为本稿的结束，而接下来的这件事则发生在其后，即我旅行结束的数月之后，也就是1952年10月，俳优座在三越剧场演出了加藤道夫的《褴褛和宝石》。

说实话，我不认为加藤道夫是了不起的剧作家或诗剧家，但是毫不夸张地说，从战后至今，我所接触的诸多艺术家中，未见过像加藤道夫这般纯真、拥有璞玉般品格的人。或许，这也是我未将他视为大剧作家的主要原因吧。这些姑且不提。

加藤道夫迫不及待地希望自己的代表作《细竹》能够上演，可这部剧由文学座演出的时候已是在他辞世之后了。他生前总是饱受不安与愤懑的折磨，与此同时，这位青年却始终心怀对季洛杜[1]最纯粹的憧憬和宝石般璀璨的戏剧梦想。

《褴褛和宝石》首演之日，对戏剧感兴趣的年轻文人们相约前来，一起观看了这部剧。不过这部剧虽特意标榜它的娱乐性，却全然没有娱乐与幽默之处，反而令大家无言以对。

1　季洛杜：1882—1944年。法国文学家、剧作家。

任何人都看得出来，这部剧明显呈现的是一个纯真青年的受伤心灵，而完全看不到作者企图收到的欢笑与愉悦的效果。不如说，这部剧虽然高举娱乐性的旗帜，却只能让人感受到作者内心难以言说的痛苦。

这就像一个心灵受伤的年轻人出来对众人说，拜托大家笑一笑吧，可就算这样，大家无论如何也是笑不出来的。

还有一件首演落幕之后发生的小事，即使时过境迁也令我无法忘怀。

十六

《褴褛和宝石》首演当天，正因为有作者的很多好友前来，反倒使得幕间休息时大家的态度冷淡疏远；正因为众人对剧作者的兴奋与不安心知肚明，反倒在不知不觉间使得周围气氛变得尴尬冷清。

当时与现在不同，每场戏剧的首演都要隆重庆祝。因此每当演出结束后，朋友知己便会聚在一起，围在作者身边，相伴去畅饮几杯。这在当时是很常见的。

那天，当决定要去什么地方时，有人便提议去有乐町专卖寿司的小巷。可同行的人越来越多，到了那边，人数已经多到一家寿司店无法容纳的程度。于是就分为两批，一批占据了对面寿司店二楼的餐厅，而我同佐藤编剧一起登上了另一家店的二楼。

两家店面对面，中间隔着一条巷子，对面二楼也有十人左右。不久，两边都打开窗户，彼此大声哄闹，整个感觉就像戏剧的舞台装置，彼此延续着演出时的兴奋在谈笑玩闹。之后想来，大家这样的嬉闹是想要避免陷入一本正经讨论戏剧的尴尬氛围里。

虽说只隔着一条窄窄的巷路，对面一般音量的说话声却是听不见的，除非大喊大叫。

倒上啤酒，大家举杯为加藤道夫祝贺。在这之前一切都还很愉快，但此时对面二楼的拉窗被快速地关上了。

两片拉窗迅速地分别从左右合上，这简直就像舞台演戏一般，因此我记得当时便心觉不妙。拉窗的那片白色看起来十分清晰刺眼。才十月份，关窗不会是因为寒冷。大家不约而同地看向了加藤道夫，只见他脸色大变。这时，不知谁说了句："混蛋，他们是想说坏话才拉上窗户的吧。"说话人本意是想缓解一下气氛，但这句话却让空气变得越发的凝滞了。因为在对面窗户的背后，还坐着加藤道夫最信赖的朋友们。

在这件意外发生之前，本来我也想就今晚的首演向加藤直抒己见，可在这一瞬间过后，我却说不出口了。因为在这不幸的首演之日，剧作者的糟糕心情我已了然于心。如若他本人也深明就里，我们又何必再在他的伤口上撒盐呢。

无论怎样的戏剧都有其可取之处。记得当时我想要找出些这部戏里的优点来鼓励他，于是我说："岸辉子饰演的乞丐婆，那笨拙结巴的台词很有意思啊。"之后，我陪他到涩谷的酒吧，那时寿司店对面二楼的那群人也会合而来。那天晚上，加藤直到最后也竭力地克制着自己的情绪，却还是难掩其怏怏不乐的神情。

在这痛苦的首演过去了一年之后的十二月，加藤道夫自杀了。首演时的创伤在之后的一年中仍未痊愈，也许这也是他自杀的间接原因之一吧。

自从这件事之后，我愈发坚定了自己的决心，即绝不献身于戏剧。

与加藤道夫相比，我是一个老于世故、有失纯真的人，但是不纯真的人也自有其心伤之处，因此我必须为自己的心灵披上铠甲。

实际上戏剧的世界是很让人着迷的，但另一方面，它又带着可怕的毒素。尽管认为自己绝不会被这毒素侵袭，却在不觉间已经受其毒害了。倘若相信这世间存在着绝对的诚实，那必定会遭遇不幸。一个美国人曾说："在纽约我很喜欢观看戏剧，但是因为戏剧界都是 corrupt people（堕落的人），所以我很讨厌。"他的话也道出了某种真实。

然而，与烟草中的尼古丁一样，正因为它有毒才吸引人，这一点是无可奈何的。所谓"人品干净值得信赖"之类的褒扬美誉，可能在戏剧界反倒是最恶毒的诋毁。

十七

1950年（昭和二十五年），我二十五岁，依旧不断地徘徊往复于幸福的山巅与忧郁的深谷之间，从这时起，一直到1951年底出发前往国外旅行之前，我觉得自己的生活情感一直处于剧烈起伏的状态，并且总是饱尝孤独滋味。我妒忌世间平凡的青春，认为自己是"一个怪异的、默默嗤笑的二十五岁老人"，而我也时常遭受胃痛的折磨。我很想搭乘捕鲸船前往南极，也曾就此事拜托过报社的人，但实现的可能性很小。

从那时起，我便萌生出一种想法，即我必须准确地将精力一分为二用于作品和现实生活，不让二者的中间地带——日本所谓的社交——烦扰自己。而真正做到将这个想法付诸行动，是在多年以后运动成为我生活一部分的时候。这里隐藏着有趣的悖论，可见人无论如何都需要这中间地带，然后从中汲取生活和作品两方面的养分活下去。后来我明白，最理想的中间地带其实是“无目的地活动身体”，也就是运动。

我记得1950年初秋，我前往某大书店买书，在书店前的咖啡馆露台上吃冰激凌。

书店门口处有一块布告牌，一群人聚在那里，我以为是在看什么新闻快报，仔细一看，原来是中尊寺的木乃伊照片。

于是，我突然觉得那些进出书店以及驻足围看木乃伊照片的人，一张张面孔看上去都成了木乃伊，那般丑恶之状令我感到恼火。想不到知识分子的面貌竟如此丑陋！所谓理智有识之士，看起来竟如此丑陋！

对希腊的憧憬确实是发自心底的，而这个心之所向或许正是源自这种瞬间的极度厌恶。这固然是自我厌恶的一种，在我心中，形成了对不和谐与夸张的厌恶，同时也萌生出对和谐难以抑制的渴望，这毋庸置疑是源自我的精神危机。

后来想想，大概是我自己误解了。因为对于理性的厌恶其实就是对我内心感性的厌恶，这种感性如巨大的怪物一般。如若不然，我将渐渐地在成为古典主义者的路径上迷失方向。

近来，能够给予我安慰的就是旅行了。我曾多次去过大岛，也曾为了采访前往北海道。我在风景中感受到了感官性的魅惑。如今，我小说中的风景描写，可以与其他作家小说中的情爱场面相提并论，占有同等的分量。

回顾我在1950年、1951年时的创作活动，例如，我既投入过疯狂的热情完成了《爱的饥渴》，又写了《魔神礼拜》之类糟糕的恶魔式的失败之作，并且在选题、结构都很草率的情况下贸然将光俱乐部总经理的事件[1]写成小说，创作了文体杂乱的《青色时代》等。1951年，我恶作剧般地写下了情节凌乱的《禁色》。在那期间，我还写了好几部古怪的短篇小说。

在他人眼中，也许我的创作十分丰富，但实际上我已经脱离平稳的写作节奏，有些乱了阵脚了。我不喜欢这样的创作状态，因为大体而言我并非那种“兴之所至，下笔成章”的作家。或许由于我总是语笑喧呼所以看上去十分高调，但基本上我是属于银行家型的小说家。如今的银行都配有装饰华丽的展示橱窗，你们只要想象那样的景象即可吧。

说起银行家，托马斯·曼[2]的文学作品告诫我们：“小说家必须有银行家的风采”，从那时起，他的文学便逐渐成了我理想中的文学。虽然他那德国式的啰唆絮叨、多余的细节描写，都与我的个性相去甚远，但当时最打动我的是他文学中戏剧化的二元性、德国文学特有的悲剧性以及他至高的艺术天分与通俗性的巧妙融合。

十八

当时担任朝日新闻社出版局长的嘉治隆一，是我父亲的老朋友，由于这个缘故，他对我多有提携、关照有加，他对我说：“你要不要到国外去看看啊？”

1　光俱乐部总经理事件：1948年东京大学学生因非法金融创业被警察逮捕的事件。“光俱乐部”为当时东京大学学生成立的公司。

2　托马斯·曼：1875—1955年。德国小说家、散文家。

这在当时是求之不得的事情，而且在两三年前，我亦曾计划到外国旅游，但均以失败告终。

有一次，青年艺术家会议将在美国举办，当时我在别人的劝说下参加了面试。在日本放送协会大楼某美军文化教育系统的办公室里，由美国人面试，他会问很多问题，还会测试英语交流能力，若能通过便可以赴美。

我的英语对话能力几乎为零，连面试官的问题都听不懂。他问我："你的小说属于哪一流派（school）？"我却将school误解成了"学校"，答道："不，我大学是法律系毕业。"如此这般，我若能通过面试才叫不可思议呢。

当时日本尚处在美军占领之下，出国旅游的难度在现在看来是无法想象的。如果没有相当的人情关系，根本不可能离开日本。与彼时相比，再看看现今文坛诸如某某必定出过国等现象，简直有如隔世。

如前所述，对处于某种危机中的我来说，我深切地感到外国旅行的必要性。我内心越发想着无论如何要离开日本，敞开自己的心扉，发现崭新的自我。

嘉治隆一是位极为冷静但其实很亲切和蔼的叔叔，后来我写《鹿鸣馆》的时候，也承蒙他的多方关照，而他也总是垂示训诫我说："小说家长保不衰的秘诀，一是学习，二还是学习。拓宽视野、深入钻研是非常重要的。哪怕每天只学习一点点也好，要养成坚持阅读古典书籍或外文原著的习惯。"

而阅读古典书籍和外文原著又谈何容易，但正是承蒙他的忠告，不论职业作家的工作多么繁忙，我也坚持每天读些晦涩深奥的书，哪怕只能学习一点点。而且意外地，这样的忠告是我那些同行前辈们碍于脸面无法给予我的。

因为他的鼎力相助，我获得了朝日新闻社特派通讯员的资格，朝日新闻成为我的资助者，使我得以开启环游世界的旅行。但是，对旅游者的体检也很严格。在圣路加医院，我被要求单脚起跳五十次；在美国大使馆，柜台里的日裔美籍人对我趾高气扬地摆架子，给我留下了种种不愉快的回忆。但因为能够出国游历，这些辛苦也就不算什么了。

1951年，我二十六岁，已经到了足以独自游历的年龄了。但是现在想来，我也觉得美军占领时代让年轻人的精神成长受到了某种战战兢兢却又不露声色的制约。

我仍记得临近12月24日出发的前几日，川端康成夫妇专程来寒舍登门造访，为我的"征途"(？)[1]勉励鼓劲；中村光夫一直伫立在横滨码头淅淅沥沥的细雨中，他为我送行的身影至今仍历历在目。

我在文学上孤芳自赏、轻蔑世俗，竟得到如此之多的厚爱，也难怪当我踏上"威尔逊总统号"时，心里稍微变得舒畅了些。

直到出发前，我还在彻夜工作。幸亏这样，我在生平第一次身着晚礼服出席了圣诞夜的正式晚宴后，便酣然入梦。自第二日起，我每天都神清气爽，也就感觉不到晕船了。

随着轮船靠近夏威夷，阳光变得日益强烈，我便开始在甲板上晒日光浴。也是从这时开始，在之后十二年间我一直保持晒日光浴的习惯。我就像从黑暗的洞穴中走出，第一次发现太阳似的，宛如有生以来第一次同太阳握手。该有多长时间，我在自己心中扼杀了

---

1 （？）为原文中所有。

对太阳的亲近感啊。

于是，我每天都沐浴着日光，开始思考如何改造自我。

思考着对我而言何谓多余，何谓欠缺。

十九

说到我身上多余的部分，显然就是感性，而欠缺的部分，应该说是某种肉体性的存在感。因为我已经学会了蔑视仅一味冰冷的理智，所以我只认同像一尊雕像那样具有无可置疑的肉体性、存在感的理智，并想要拥有它。因此，闷在洞穴般的书房和研究室里是不行的，无论如何都需要太阳这一媒介的存在。

那么感性呢？在这次旅行中，我要像穿鞋一样磨损它、消耗它，而且必须将其耗失殆尽。我要尽可能地挥霍它，让它不再折磨我。

恰好此次旅程，我计划去往南美、意大利、希腊这些日照充沛的地方。

途经北美，在波多黎各停留了一晚，而我已经嗅到了那些地方被太阳烘烤的气味。在巴西停留的一个月，又恰逢狂欢节，我便尽情地陶醉在了热带的阳光里。仅仅看到烈日下街道两旁的椰子树，感觉就像回到了我久久追寻的故乡一般。

我这样的描写，实在像一个浪漫的旅人，但其实途中发生了很多令我出丑又不知所措的事情。尤其在巴黎，我被街头收购美元的人骗了，身上的现金都被他以魔术般的诡计窃走了，害得我几乎身无分文地挨了一整月。诸如此类，上演过意想不到的旅途荒诞剧。而那期间，我最担心的是能否顺利前往希腊。

办妥被盗支票的补发手续后，我告别阴沉郁闷的巴黎，去了正值晚春的希腊。

到达心驰神往的希腊，我的心情终日沉浸在陶醉之中。我认为在古代希腊，没有所谓的“精神”，只有肉体与理性的平衡，而精神只是基督教的可恶发明。当然，这种平衡可能很快就会破灭，但这种惴惴不安、不愿此事发生的紧张之中亦存在美感。在希腊悲剧里人类意志的傲慢总会受到惩罚，便是对这种平衡的规诫。希腊的城联邦本身也是一种宗教国家，诸神总是在警戒人性平衡的破灭，因此，信仰在希腊不像基督教那样是“人的问题”，因为人的问题只在现世中存在。

这样的想法，未必是对古希腊思想的正确解读，但当时我所见到的希腊正是如此，而我梦寐以求的希腊也是如此。

我在这里找到了自己古典主义倾向的归宿。也就是说，我发现了创作美好的作品与使自己变得美好是出于同一个伦理基准，而古希腊人则掌握了这一关键。由此看来，近代浪漫主义之后的艺术与艺术家相背离的姿态以及艺术家的孤独形态的呈现，都是枝端末节之事。

凭借着如此亢奋之余兴，我回国后写下了《潮骚》这部作品，但最终《潮骚》在通俗意义上的成功以及读者轻易而普通的接受方式，又如一盆冷水迎面浇来让我心灰意冷。这也是之后我渐渐对希腊失去热情的导火索，不过这是后话了。

但至少希腊治愈了我的自我厌恶与孤独，并唤醒了尼采式的“对健康的意愿”。我觉得自己不再会因为一点些微小事就受伤了。我以轻松愉快的心情返回了日本。

如前所述，出国旅游在当时是十分罕见的事，因此文人游历国外，都会创作“旅游小说”，这已成为大家的墨守之规。但我决心不写那类东西，拒绝了很多约稿。在花费数月潜心准备之后，我创作了纯粹日本情节的小说《仲夏之死》。

在创作这部书的同时，我感觉自己的写作已完全告一段落，将要迎来下一个阶段了。回国后写的《禁色》第二部也与第一部截然不同。我的写作速度逐渐放缓，随着变慢的节奏，我觉得自己似乎也日渐成熟了。

二十

就这样，我的游历时代即将结束。

十七岁到二十六岁的十年间，我并没有去过战场，也没有成为流浪汉，而这十年让我至今依旧记忆鲜活的是诸多丰富坎坷的心路历程。与之相比，二十七岁至三十七岁的十年间便没有这般起伏。时间的流逝也是如此，之后的十年仿佛白驹过隙。确如常言道，少年易老学成难。

我初登文坛时，人们议论着“文坛终于也有大正年代出生的人了”，而莫说昭和了，现在已经是战后出生的一代人的天下。大正时代出生的人已经被视为陈旧不堪之人了。

许多杂志消失了，许多人也逝去了。各种文学理想在眼前闪耀璀璨片刻，须臾间却又消散而去。若想在这种潮流中坚持自我，那必然是极为傲慢的。我写下如此自以为是的回忆录，也有着自我告诫的意味，是为了审视已经发生变化的自己。

最近，我在一家酒店的大堂，遇见了一个陌生人从远处微笑挥手。我以为他是在和别人打招呼，转身看了看，并没有其他人。没多久，我看他朝我走了过来，才发现他是我近二十年未见的同学。

因为他的头发已经花白，我才没认出来。

我感到惊愕，脱口而出道："是你啊，想不到你竟然满头白发……"随之顿然闭口不言。而朋友笑了笑，没有应答。可能他也有一言难尽的苦衷又或者内心已饱经沧桑。当时我所受到的震撼是相当自私的，脑海里甚至浮现出稍显不妥的想法："说不定，我也得开始打算自己的老年生活了。"但我很快就忘记了这种震撼。而我并未意识到这遗忘的速度之快，以及对凡事漠不关心的情感淡漠，正是人开始变老的预兆。

不过，在文学上（日本许多文艺都是如此）会享有这样的恩泽，即肉体老朽之后，艺术的青春才真正开始。二十几岁时，我无论如何也无法描绘出年轻人的心境，而今已年近四十，可以说快到了能够描写青年的年纪了。中村光夫曾说过这样的至理名言："三十岁的时候，我想着自己已青春不再，可到了四十岁，我却认为自己还很年轻。"

回想起来，在我所经历的时代中，虽然出现了时代与社会的剧变，却没有踏踏实实的有机形成过程，也没有一个外延宏大、广泛且成熟的思想。日本的小说家在经历种种心灵磨难和岁月流逝之后，得到的仅仅是写作技巧上的精炼，这想想就很悲哀。

所以，我很早就想要打破这一切。不想任其滋长，不想直到五六十岁再抛弃，而是想在中途马上将其摧毁。

现在的我，已经从心底不再相信二十六岁时曾经狂热追捧的古典主义理念了。

虽然意气风发地说过要消耗扬弃自己的感性，但我想那只不过是感性枯萎了而已。

而且我早就开始意识到所谓年轻、青春是多么的荒唐可笑。可若是说期待“年老”，我也无法接受。

因此萌生出一种现在、瞬间、时时刻刻的死亡念头。也许这对我而言才是唯一真正生动的、真正性感的想法。从这个意义上说，也许我生来就是个无可救药的、染上浪漫主义疾患的人。二十六岁的我，追求古典主义的我，以及感受到最接近生命时的我，说不定都是“我”的赝品。

由此看来，我如此详细记录下的“游历时代”，便显得略有可疑了。

1963年1月10日—5月23日发表于《东京新闻》

我的创作方法

一

先从结论说起吧。我在创作方法上所做的所有努力，最终都是为了让潜意识里的意识行为能达到最敏捷的效果。在没有框架、没有形式的状态下，我的潜意识是无论如何也无法灵活运转起来的。有的作家在软绵散漫的混沌之中，潜意识反而能活跃地转动起来。我并不是那种类型的作家。如果不被什么束缚住并准确定下方向和目标，同时详细制定通往目标的路径的话，我的心绪就无法自由自在。

曾经我为墨西哥旅行制定了精确的日程表，旅行结束回国时，一个通晓墨西哥的朋友说，你看到的不是墨西哥。只有漫无计划、不在乎时间的悠闲背包客才能领略到墨西哥的真正面貌。的确也有那样的墨西哥吧。但是，我所见到的墨西哥也是墨西哥。朋友还揶揄我说，你的旅行就是官员的旅行，一点也没有艺术家该有的样子，但我认为不一定是这样。

在那样的国家，如果事先不准确无误地确认好酒店、飞机、公交的预订，可能会带来意想不到的辛劳。我为了能心无旁骛地实现自己的梦之旅，无论如何也不想遭遇那些琐碎意外的烦恼，进退维谷的麻烦事态以及计划变更等担扰。而且，我希望在旅行开始前，就尽量把这些烦劳之事全部解决掉。虽然这样可能不会邂逅意想不到的喜悦，但在很大程度上也避免了意外的失败。并且众所周知，旅行中比起意外的失败，意外惊喜存在的概率大概只有百分之一，甚至千分之一左右。

如果硬要给这种旅行起个名字的话，大概应该称之为古典主义式的旅行。而古典主义本身是重视方法论并且对事物类别加以严格区分的。虽然我觉得自己本质上不一定是，但在方法论上却是一个显而易见的古典主义者。而且在古典主义式的旅行中，耗时一年的旅行和仅有三天的旅行不仅仅是程度上的差别，而是在方法上，完全属于两种不同的类型，就如同长篇小说与短篇小说的差别不仅仅是篇幅上的差别一样。

小说是具有艺术资格的最奇怪、最自由、最混杂的文学形式。而且小说的发生发展所形成的结构上的优点，使它成为最生动有力的文学体裁。在“自由”这一前提当中蕴含着各种问题，如果没有创作者与欣赏者之间的某种约定，艺术就无法成立（这不仅限于艺术，诸如运动、游戏也都是如此）。对此，小说便没有任何一个既成约定，它的所谓约定俗成，每次都是依据作者的个性而被创造出来的。另外，最重要、最特殊的一点就是，创作者和欣赏者都好像约好了，从一开始就佯装彼此间没有过约定一样吧。

既然小说形式在传统上无法完全摆脱浪漫主义的无形式与个性尊重，那么这也是小说理所当然的发展趋势，在个性领先的领域，不可能有古典的、普遍的方式存在。

但讽刺的是，被方法意识所困扰却是小说的宿命。也正因如此，像小说这样的体裁是罕见的。因为如果古典的方式是必要的前提，那么这之后的操作完全是自由的。但是小说如果要遵从其本来的使命，想要完全自由的话，即使不情愿也必须确立方法论。

于是一切自由问题中潜藏的悖论，也同样适用于小说。因此虽然小说创作本身绝不可能是完全理智的工作，但在方法论上，小说又必须比其他体裁更充满理性。

派生出许多假小说的原因便也暗藏于此。只要方法完全理智，即使没有小说的力度，也往往容易被冠以“小说”之名而大行其道。甚至完全欠缺魔力的作品，也有可能拿到作为“小说”的通行证。尽管本来是由于小说体裁的这种自由而产生的后果，但因其本身就是一种形式主义，所以在小说这种体裁中，也就很容易诞生出“自由所产生的形式主义”这一弊端了。在这一点上，我对所谓的“新小说”总是充满怀疑。

二

稍微具体地谈一谈吧。

当我写一部长篇小说时，我的创作方法，大致如下。

第一，发现主题。

世上有很多人都认为小说是由“新奇的素材”烹饪而成的，其中也有人曾为我提供过某类题材，而我却始终不会把它写成小说。对此他们很不满。

素材遍地皆是，俯拾即是。只不过，在某一时刻，完全符合我内心渴求的素材却是可遇而不可求的。我们这些作家，宛如拿着手电筒在黑暗夜路上摸索前行的人一样。有时，路上啤酒瓶的碎片会被手电筒照到而闪闪发光，这时，我既发现了素材也找到了主题。

一种素材吸引到我，起初我完全不知道它为什么具有如此魅力。其实，这是因为我无意识中从这一素材里发现了与我当时的内心渴求恰好遥相呼应的东西。与其说这种不可思议的魅力是素材本身的属性，不如说是我自己内心渴求的一种反映。不知不觉地，我便在其中发现了一个“主题”。

但是，我会先把那个主题保持在一个模糊的、尚未被发现的原始形态，几乎不会立即着手创作。我首先会竭尽全力对这个素材仔细推敲、筛选、提取其精髓，然后彻底分析自己在无意识中被它吸引的心情，先将一切都拽到意识的光亮下。将素材从具体性中剥离出来，经过归纳提炼，使其变成素材的抽象性。

这一操作同时也是将主题向自己拉近，使自己逐渐与主题同一化的行为。因此这需要花费时间，短则半年，长则需要数年时光。在此过程中，如果自己无论如何也无法与抽象化的主题统一的话，就只有放弃创作了。

第二，研究环境。

好了，我决定以这个素材或主题来创作小说。

接下来的工作，就是把已经经历过一次抽象化的主题，再次还原到尽可能精密的具体性当中。这是相当低级的工作，要尽量多闻多见，东奔西走。不能放过任何细微的具体性，要将所有的资料都收集起来。

如果是新闻类小说，那么连审判记录和警察笔录都要全部调阅完。即使是完全架空的故事，为了赋予主要出场人物具体性，也要对其职业细节、生活细节进行细致的调查。若这个人物是一个公司职员，那就恳请他在职的公司，允许我在他们办公室的椅子上坐上一天。

不过，在这一阶段，我最花心思的是对风景和环境的描写。我们在日常生活中，不会过分细致地注意自己周围的事物。因此，无论多么详尽地听取某地、某种职业的人所讲的话，并抓住他们生活的感觉，也都无法具体把握环境的影响力，因为那对他们而言已经是习以为常的了。

小说要虚构的也正是这一点（自然主义小说在这一点上也是完全虚构的）。必须对实际生活中人们已经感到麻木的环境进行详细描写。因为要通过这种环境描写来帮助读者，使他们能够置身于出场人物的情境里。

为此，在那些即将成为小说背景的地方，我会慢慢地四处游走，会留意任何微不足道的事物，用文字记录下来。在彼时彼刻，因为是我未知的地方，所以给我的印象很是新鲜，与住在那里的人们的印象完全不同，这是不言自明的。但是，小说就要设法将新鲜的表面印象与麻木的生活感觉巧妙地缝合在一起，使其相互配合，必须从中创造出比现实还要强烈的现实来。当这两者达到巧妙的平衡时，小说也就获得了现实性。

比起人，我总是更加感动于风景。这在作家来说可能是挺糟糕的事。在我眼里，人拥有抽象化的要素，主要是通过其问题性吸引到我的注意，而我觉得风景似乎有某种沉默的肉体般具象化的东西，在固执地拒绝抽象化。自然描写实际上是很无趣，并且相当落后于时代的技巧，但它在我的小说中始终占据着重要的部分。

另外，过分地乱买参考书也是在这一阶段。专业术语、方言、特殊社会用语、暗语（在高见顺先生的《厌恶的感觉》中，暗语的使用取得了非常好的效果）等，是保障作品规范性的重要条件，所以在这一阶段必须做好预备研究。

第三，建立结构。

这是一项非常机械的工作，不可能刚一开始就连结构的细节都完整确定下来。而且，在小说的创作过程中，细节会唤醒之前一直处于沉睡状态的某种庞然大物，这往往会迫使之后的结构发生变更。因此，最初建立结构，只不过是一种暂时的安慰罢了。

这时，还没开始创作的小说，就已经有了某种光滑的圆球般的形状，处于一种无法找到其入口和出口的状态中。

此时如果硬要努力完成故事结构，大多会无功而返，最好大致定下“序、破、急”[1]，预先设想好大的情节起伏即可。但说起来，我更喜欢戏剧式的结构，即从大幕拉开慢慢展开冲突纠葛，然后达到高潮，这种结构与我的大部分小说是共通的。我在少年时代，从拉迪盖的《德·奥热尔伯爵的舞会》中，学到了高潮的极度强化方法，讨厌平铺直叙地展开情节，也一直顽固地保留着这一习惯。拉迪盖的高潮设定是非常具有建设性的，我从最初的结构设计开始，仅仅是针对高潮，就在不断地估计考量。总之它必须是高昂向上的，到最后必须要触到顶点才行。为此就要确定好哪里需要屈膝，哪里需要有效地利用腰部的弹力飞跃起来。

第四，开始写作。

一旦开始写作，到目前为止的一切准备和努力都将暂时归零。本来已经胜券在握的主题将再次变得模糊，主题暂且隐藏起来，就像地下水一样渗透进所有的细节里，为了最后形成瀑布倾泻而下。

开始落笔之前，原本一切看上去都很容易。但是，一旦下笔却又面对了莫大的困难。在过去有意识的预判里，的确也应当包含了对自己技巧范围的估算。但对此，我们在计划的过程中，似乎会不知不觉地犯下自我幻想的错误。有时我也会出乎意料地选择完全不

1　序、破、急：日本音乐用语。“序”为引入部分，“破”为展开部分，“急”为结尾部分。

适合自己技巧的素材，却直到落笔阶段才察觉。那是因为直到最后一刻，自己也没能从自我幻想的梦中挣脱出来。不过，有些作家对自己的表现技巧所能够达到的极限是了如指掌的，且绝不会抱有多余的幻想。那样的作家果真就是幸福的吗?

到了开始写作这个阶段就不必再谈什么方法论了。我只有与细节搏斗，同语言作战，一行一行地写下去。而当故事情节陷入僵局毫无进展之时，能给予我帮助的总是笔记本上那些详细记录着的文字展现出来的风景素描。

这些文字唤醒了当初我看到它时内心的感动，现在，当我再次面对这一风景，从中可以收获某种“具体性的东西”。而此时“主题”则一边暗流涌动一边保持着监视的状态，当这个“具体性的东西”，使难以取悦的“主题”感到满意时，小说便会打破僵局再次盘活起来，恢复呼吸……就这样不断地，经过好几十次、好几百次的死而复生，一路走向大结局。

1963年11月发表于《文学》

从“我们”中逃脱
——我的文学

按照行事的先后顺序，我可能先要对这个文学全集的标题“吹毛求疵”一番。“我们的文学”是一个什么样的概念呢？我从十几岁的少年时代开始，不知为何就觉得“我们”是一个既没有亲和力又令人费解的词。于我而言，在感观上，无论如何我都难以理解“我们”这个词。

不过，“我们”一词曾经是那般灿烂。那个时代是罕见的。同时，我也曾经是“我们”的一员，这种资格是被强行赋予的，而且是被理所当然地强行赋予。我想这样的时代不会再来了。如果我在1945年以前就已经死去的话，无论是病死也好，或其他原因致死也无所谓，那么不管我是否愿意，我都会彻底地成为“我们”的一员。

很多事例并不局限于军国主义性质的事件。以前的“号码学校”[1]即旧制高中的学生们，一只手紧抓着镶有两条白线的学生帽，且一边挥舞（他们自己并不觉得有任何违和感）一边合唱宿舍之歌[2]时，那一情景里便很明显地存在着“我们”。而我在那时则毛骨悚然地望着那样的“我们”。

当母校在校际比赛中惜败，啦啦队成员集体号啕大哭之时，“我

1　号码学校：截至1948年以数字冠名的日本旧制高中，共八所。

2　宿舍之歌：特指日本旧制高中或大学预科的寄宿生们唱的歌。

们”果然也就突然出现了。然而，我非但没有悲号，甚至对自己丝毫也无法悲伤起来的无动于衷感到束手无策、无地自容。

“超我 = 我们 = 我”，这个公式要求每个人都要具备一种适应性。这与教养和阶级无关，适应性是作为一种先天属性被赋予个人的，而我从一开始就知道自己身上缺乏这种适应性。

而且我的文学也正是来源于我的这种“先天不足”。事到如今再一本正经地说要加入到“我们的文学”当中，这种行为是可耻的。

不过，从“那时”起到现在，已经过去了二十年，时间的流逝是可怕的。不知为何，我认为现在的“我们”是面目可憎的，但却开始觉得过去的“我们”是美丽的。可能是因为“我们”往往也是“青春”的同义词吧。不，绝不是这样，因为我的青春是绝对、绝对、绝对，与“我们”之类无关的。

索性还是换一种说法比较好吧。按说不管现在还是过去，我与“我们”之类在本质上都应该是无缘的。“我们”是丑的也好，是美的也罢，它也只不过是将彼此立场截然分开的一件事而已，而如今，我作为一个职业文人暂且安定下来（这是何等恶俗的表达），无论怎样，总之，我都不再担心会有违自己的意志，被强行纳入“我们”当中了。这样一来，我站在一个安全的立场关注“我们”这个概念，觉得它不像从前那样有压迫感、那样可怕了，所以反而开始注意到它的长处有点令人喜爱，甚至像是能感受到它的美，可能仅此而已罢了。有一条感伤的法则，即“那过去了的都是美好的回忆”，于是按照这个法则，开始觉得以前的“我们”可能更美吧。

不仅如此，到现在我才明白，是否正是因为我如此畏惧、忌惮和厌恶“我们”并宣称自己与“我们”无关且对此深信不疑，我才是“我们”的一员呢？是否正是因为我的青春和“我们”毫不相干这一毋庸置疑的事实，才证明我毫无疑问曾是“我们”的一员呢？

这样一想，我的心中不觉涌起一股酸甜的滋味。时间慢慢倒转起来，经历一番小浮士德式的体验[1]……若是现在的我，一定能够欣然接受彻底地成为以前的“我们”的一员，我不禁开始被这种浪漫美梦所俘获。我凭借自己的意志，耗费了二十年才获得那种适应性，才开始明白文学固然重要，但那并不是人生的全部。我懂得这个道理确实是太晚了，但即使从现在开始，可能也不算太迟……

啊，危险！危险！

文人总是在这一瞬间被政治行为的诱惑乘机击败。比起青年的盲目行动，对文人来说更危险的是怀旧。而且即使是同样的危险，青年的冒险有美感，中年文人的冒险肯定大多是稍显丑陋的闹剧。我可不想变得那般有失体面。

但是，另一方面，回避危险，无论是多么可笑的危险，回避本身就是卑劣的。这种看法也是有道理的，西乡隆盛[2]大概就是这种英雄。但他并不曾打算花费十年的时间来创作小说之类的。他既不了解艺术家想要引领未来的狡猾企图，也不知道艺术家反社会的企图。这种企图就是不愿以现实填补未来，而是预先以非现实将未来填埋。

说个题外话吧。例如，有个东京湾填海造地的计划，计划本身是相当宏伟的。政治家打算让那里的交通系统四通八达，以其作为生财之道；官僚希望把那里的填筑地作为政府机关大街；银行家要在那里建造鳞次栉比的银行大楼。如此这般，各自都会随心所欲地

1　浮士德式的体验：源自歌德的诗剧《浮士德》中主人公的言行。为了追求自己的最大可能性，体验人生所有的幸福与痛苦。

2　西乡隆盛：1827—1877年。日本江户时代末期的萨摩藩武士，军人、政治家，明治维新领袖之一。

在描绘未来社会的图景吧。不过，在整个填筑地那宽阔得不知有几百万坪的平坦的水泥地面上，要固定扣上几百亿个闪闪发光的金色图钉，这样的计划又由谁来制定呢？

所谓艺术家要引领未来，就是指这种事，就是对人们心中耀眼而实际的未来图景预先进行周全细致的冒渎。他们的冒渎并不是冲动的本能之为，而是基于完美的估算和计划，冷静而滴水不漏地先将未来擒获至手并亵渎它、占有它……但是，只是在文字上而已。

不过，在遥远的计划阶段，语言也是与现实平等的，在历史上，语言和现实也几乎是等价的。看上去语言是必定败给现实的，不过只是在现在这一似有若无的瞬间而已。

对于这样的艺术家一族来说，危险意味着什么呢？我对此很感兴趣，并且兴趣年年高涨，到了现在几乎要为此发狂了。

《钓狐》这部哀切的狂言，讲的是一只有分辨能力的老狐狸，明知是陷阱，但还是同陷阱中香饵的诱惑全力作战，并最终失败的可怕故事。但这如果是年轻狐狸的故事，可能会变得叫人兴味索然。少不经事的年轻狐狸在与所有诱惑的斗争中也许会感到悲壮而自我陶醉，可对经验老到、火眼金睛的老狐狸而言，它知道这种战斗是出乖弄丑、鲜廉寡耻的。因此它战斗的有利之处在于最大限度地摆脱了虚荣心。

它知道陷阱是什么，也知道香饵是什么，但这“知道”是多么百无一用啊。它十分清楚结果会如何惨淡。可对这一“结果”的了解，未必会让我们陷入消极无力当中。

设陷阱的人和被陷害的人之间是处于一种完全静止的对立状态的。在这一点上，老狐狸的处世之道和超群智慧，会让它对这个世界的认识把握早已成竹在胸。在这一清晰认识中，滑稽是没有丝毫立足之地的。不过同时，这一清晰认识也并不能保证将人永远从滑稽中解救出来。

不仅是狐狸，人的成长也十分奇妙。常把青年与“富于春秋”[1]之类的说法相关联，其实这仅仅是初等数学般的计算。人在年轻时绝不会拥有未来，随着年龄的增长他们才慢慢地切实地开始拥有未来，而直到步入老年才是真正地将未来紧紧捕获在手中。（没有未来才是青年的特征，对此，不管是象征性的还是现实性的我都很了解。）在这一点上，无论是艺术家还是现实派都是一样的。艺术家通过其反社会的企图来捕获未来，当他成功抢先并牢牢抓住未来之时，他也就成熟了。

老狐狸自然也懂得这个道理。而且它也尽悉，在人类社会看来，狐狸存在的本质就是反社会的。它从心底蔑视那些对人类社会阿谀谄媚、迷恋人类主义[2]、戴着眼镜的年轻狐狸们。

不过，它老了并且切实地拥有着未来，这是它的严重缺陷。知识并没能削弱事物对它的诱惑力，反而使它越发垂涎欲滴，它知道结果的无效和认知的失败，会将行为的诱惑变得越发香甜。狐狸够不到葡萄便放弃的寓言故事是一个弥天大谎。

这样的狐狸所冒的风险，恐怕不是一星半点吧。可能与充满冒险精神而又行事鲁莽的年轻狐狸那种轻率、非本质性的冒险并不一样吧。因为，吸引老狐狸的那种危险只能是全面动摇它自身根基的危险，如果不是这种危险他会觉得美中不足；而且面对危险时，它

1　富于春秋：出自《史记·曹相国世家》，意指年轻。

2　人类主义：广义上指在哲学与思想等前后文脉逻辑上，尊重人、以人为本的立场或主义。

出于处世之理越是胆怯，越是小心，那种危险对它的诱惑力肯定就越能大到将其最大的谨慎都击溃。它梦寐以求的危险将会愈来愈膨大，那种危险会将它已经拥有的和暂且相信的未来连根拔起；那种危险是建立在从本质上全盘否定它的存在之上的；那种危险的作用只是为了夺走它“未来的所有权”，这也是其最大的用处了吧。……那是一种将它再次还原成“没有未来的存在”之危险。也就是说，诱惑老狐狸的最大危险，正是“青春”。

*

忘记是在学习院中级班还是高级班的时候，我作为学校的文艺部委员，曾拜访过一位前辈大作家，请他做一场演讲。

温和的大作家热情地接待了我这个年少的客人，在一番闲谈的最后，他亲切地问我：

“所以……你以后打算继续做文学吗？”

这个提问给我带来了某种冲击，因为在我精神生活的任何一个角落都找不到“继续做文学”这一思考方式。

那么，一直以来我都做了些什么呢？写些拙劣的诗，创作些差劲的小说习作，与朋友互通些长长的文学信件，一见朋友就只聊文学，也只读与文学相关的书。整日苍白着一张脸。但我并没有用“继续做文学”这种大正时代文学青年的措辞来约束自己的生活。“继续做文学！”这种内涵丰富、教养主义[1]式的自我人格形成以及没有

1　教养主义：指通过读书获得知识、磨炼人格、改善社会的人生观，是大正时期的旧制高中的教育思潮。战后一直到二十世纪七十年代前后，这一主义都被作为大学生的文化教育规范。

疑惑的生活触感，对当时的我来说遥不可及。面对时代，自己要成为一种抽象的人、一种透明的人，为此，我日复一日地写废了一张张稿纸，可以说就像隐身刺客接受训练一般。反时代精神的隐居之所、看不到未来的暗淡人生的躲藏之处……并且那里没有任何豪情万丈，只有为了认可我这个时代的不合格者，而建造的我最后的藏身之处，那就是文学。

因此，战后当我成为一个小说家，要“继续做文学”的时候，简直狼狈不堪。更何况当我被看作是一个时代中某一代人的代言人时，对于这种令人难以置信的误解，我也感到十分震惊。我已经摆脱了这个争论的旋涡，现在我唯一可以说的是，即使我处在那个旋涡之中的时候，也绝没有像人们所期待的那样说话、那样生活（无论是积极意义还是消极意义上的）。

有一个外国新闻记者曾问我：“你的使命是什么？”当时我无法回答。假如我能摆出一副古典恶魔派的样子给出“为人类带来死亡与毁灭”之类的回答，那该是多么愉快啊！但是我当了二十年的作家，自己写的作品别说死亡与毁灭了，连让读者患一次感冒都做不到，倘若有人没有发现这一点，那他大概就是个实实在在的傻瓜。我的小说给人带来生理性障碍的唯一可信的事例是，有一位著名编辑在读了我的短篇小说《忧国》之后，觉得不舒服，晚饭都没能吃下去。

我依照战后日本文坛的惯例，为自己创作了一些“主要作品”，另外，虽说同样也是为了自己，实则是为糊口也写了一些“次要作品”。这种“为了自己”中有许多含义，并且随着年龄增长发生了一些微妙的变化。

一开始那是“孩子的游戏”，不久变成了“呼喊”，之后变成了“精练的呼喊”，再不久呼喊就停止了。接着就变成了可怕的“不满”，变成了“郁闷”，这种不满和郁闷，无论怎样精练、磨砺也不会灭绝。因为呼喊本身会通过喊叫来平息，而不满的消失是不可能的。于是终究，我就只爱不可能消失的不满了……

但是，我讨厌面对设想的观众讲话，所以至今我一次也没有用“他们”的语言说过话。我试图避免用“他们”喜爱的语言说话，这种想法的诱惑在我心中越来越强烈。依我的经验，我很了解那些软弱的年轻人是多么喜欢绵软无力的文学表现，并且知道他们是怎样在文学中只找寻为自己的无力和脆弱自我辩护的种子，所以我故意远离那种表现，如果真有必要感伤，那我会提醒自己要在这感伤中注入致死量的毒药（我又写这些冗赘多余的话了。如前所述，文学里没有致死量的毒药）。

我在文学中只讲述了我自己，可是，小说这种体裁是最不便于自我告白的，在这种叫作“伪造的记录”的体裁中，没有任何一点能够保证自我告白的可信性。将自白与小说结合起来是浪漫派的偏见，那简直与必须阻止的种族偏见不分上下，都是不光荣的愚蠢想法。文学体裁与自我告白的不适合程度，可如下排序：诗歌、戏曲、小说，小说是最不适合的一类。

*

正月……今晨我从三楼向远处眺望，天空澄澈，富士山的白色峰顶也清晰可见，挺拔秀丽。往常海那边看不见的岛屿也映入眼帘。眼前密集的家家户户，极少有挂太阳旗的。

我在思考，究竟自己是为了怎样的日子、怎样的时代而生的呢？我的命运命令我必须活下去，直至最终老去，并在波澜不惊的日子里坚持不懈地耕耘。在我内心，有时会感受到尚未被抚慰的浪漫之魂震动着白色的翅膀展翅高飞。同时，苦涩的讽刺也在不断地啃噬着我的内心。

二十多年前，学校的学长所说的“做文学”这句话，现在对我来说，越发觉得就像在我心底吹过了的一阵风一样。过去的作品可以说都是排泄物，而那些对自己过去的作品津津乐道的作家，就像喜欢玩弄自己排泄物的疯子一样。但无论如何，做文学是对理智和肉体两方面的挑战。多亏了文学，我才能够蔑视那些学究式的知性，并且多少也能够拯救些肉身的无常。在这一点上，我认为文学对精神来说（严格地说，只是对我个人的精神而言）是有效的，而且我还多少掌握了一些娱乐他人的街头艺人的傍身技艺。

为了给自己的作品设计有机的结构，我绞尽脑汁，因为就像雕刻家熟知自己所雕刻的石头是具有无机性的一样，我也本就尽悉语言对有机体有害的性质。但如果按照某种严密的处方加以调剂，它也能像某些矿物质一样，成为人体的营养成分。社会由于完全膨胀的幻想而真正膨胀，由于破灭的幻想而真正破灭，这种情况，我已经反复见证过多次了。关于人类历史中幻想的严密性，其中，或多或少有需要我学习的地方。依据幻想的严密性，或者通过严密法则诉诸的幻想，人们最初将其称为魔法、咒术。不过，之后人们从中得知了“形式”的意义，明白了依靠无数人为条件创造的“形式”的有效性。有力度的思想就是这样诞生的，一种思想能够推动数百万人，与其说是通过煽动，莫如说是依靠形式做到的，因为大多数人从未留意过那种思想的具体内容。

文学最大的困难也在于此。因为只是匆匆一瞥的话，是讲不出任何故事的，所谓概括必须是从头到尾的一种形式，不可能仅从头部就归纳出结论。文学和思想一样，严密的方法和形式是它的幻想，都是必不可少的。但直到最后，文学也无法将其有效性、方法和形式的好处都纳为己用。我总在思考，这是为什么呢？作品整体的形式即便优美而简单，但这种形式上的简洁之美也只有阅读过之后才能够感受到。因此，不论多么简单朴素的形式，也逃不过最终淹没于烦琐方法的宿命。当然，繁忙的社会对于任何作家的作品，都是通过概括和社会普遍印象去理解、去分类的，而绝不是通过作家设定的作品形式去理解。文学上的形式就是文体，作家的文体就这样成为一种孤立的存在。思想可以通过形式得到推广，但文学的形式反而会妨碍其普及。于是，这导致懦弱的作家们最后会对思想暗送秋波。

那么是否可以说，文学的本质在于它的不可归纳性呢？如果事情如此简单的话，作家只要在自己的小说中尽可能多地添加无法概括的要素就可以了。但即使这样，作家也要在“个性”中寻求这种不可能概括的依据，最终便会成为任由浪漫个性指挥的文字自动记述机一样的牺牲品。我们知道很多这样的悲剧事例……

最后，正当一切都变得异样时，真正的乐观主义便会到来，一种与任何带有希望的推测都无缘的乐观主义。我衷心希望自己可以如“森林中的铁匠”[1]一般，永远是乐观的。

1966年1月

---

1 《森林中的铁匠》：是德国作曲家米夏埃利斯（1831—1887）的代表作。他是现代轻音乐的创始人之一。乐曲以造型性表现手法写成，整个主题除了展现出一幅自然画卷外，还生动地描绘了铁匠的打铁声和快活的形象。

私の顔

終末感からの出発——昭和二十年の自画像

十八歳と三十四歳の肖像画

死的观念依旧是我工作最甜美的源头。

我的脸

“我的脸”，这是一个无聊的话题。

有些人会滔滔不绝地讲述自己做过的梦，但比起来，“我的脸”要更加无聊。

虽然这篇文章只需写三页稿纸即可，但最好想象一下，预备出一个小时的时间来听一场“关于我的脸”的演讲。

实际上，在不到三十岁的作家的脸上，是不可能显现出小说家的灵魂之类的，何况这又是一张一文不值的脸。我的意思就是，这张脸不具备能当落语[1]演员那样的特征，所以才去写小说。

有人说我的脸长得很长很长，不过，我父母二人的脸都很长，他们生出的孩子总不可能是圆脸。和所有日本人一样，我的鼻梁不高、门牙突出，因此很顾忌公开侧面照。我的父母说话尖酸刻薄，明明是自己生的儿子，却总是开玩笑说“这儿子长了张歪脸，长了张歪脸”的，不过确实，我的脸是歪的，从正面看的话，就像厕所里的旧草鞋，呈长刀形。

这种左右严重的不对称，据说是经常可以在罪犯身上看到的特征，但我却觉得这正是我的脸值得自豪的奥秘之处。不过，樋口先生拍的这张照片，巧妙地掩饰了我脸部歪曲的线条，作为模特到底

1　落语：日本大众曲艺之一，类似单口相声。

还是感谢这样的摄影师的。

明明高度近视却不戴眼镜的原因，是不想看起来像个知识分子，剃平头也是同样的理由。话虽如此，留平头也是因为我写作时，有拨弄头发的习惯，如果头发长的话手指马上就会油腻腻地沾满头油。而且如果长发再抹上发蜡的话，由于懒散不打理，头发很快就会变得很脏，头皮也会发痒。短发的话就不需要任何拾掇，很方便。诸位，从我的经验来说推荐大家，至少在夏天，一定要剪这个发型，

说到不想看起来像个知识分子，显得我好像是摆出一副大知识分子的做派，想得到藏而不露却意在其外的效果一样，其实绝非如此。这种想法源自我内心深处的自卑感，这种自卑感渗透了我整个生活态度。多亏如此，我从未被不认识的人当成小说家来看待过。

我非常讨厌看到自己一脸严肃的照片，我希望至少照片中的我能像一只无忧无虑、安乐无虞的蜻蜓。

因此，和所有被拍摄的对象一样，我对写实的照片也抱有憎恶感。

我并不是那么喜欢自己的脸，但要说极其讨厌也是假的。说极讨厌自己脸的人，都是极度自恋的家伙。在和自己的脸互相让步好好相处中逐渐衰老下去，才是明智的做法。

也许到了六七十岁，就会有人对我说：你长得真好。

1954年10月发表于《产经摄影》

从末日感启程

——昭和二十年（1945年）的自画像

夏天又来了。太阳火辣辣的，行走在这令人目眩的阳光里，战后一段时期的记忆神奇地复苏了，它异常鲜活，深铭肺腑。那遭遇破坏之后的颓废、与死比肩而邻的生的怪诞，都出现在夏季，那些辉煌的、腐败与新生的季节——夏季。从昭和二十年至二十二、二十三年，我感觉一直处在盛夏延续不断的光阴里，那段时光充满了极尽凶暴的抒情气息。

但是，我的个人生活基本上没有在那个季节里得到舒缓。简言之，我整天只顾埋头写小说。然而我觉得那个时代的毒素，已经充分地从我的皮肤渗透到了我的体内。

昭和二十年早春，因为大学动员参加义务劳动，我去了群马县中岛飞机小泉工厂，不久又转移到神奈川县高做郡的海军工厂。战争结束的当时，我还是个被动员到海军工厂的学徒。

对我而言，日本战败并不是什么令人捶胸顿足的事，相比之下，数月之后我妹妹的猝死更让我伤心疾首。

我爱我的妹妹，甚至到了不可思议的程度。当时她就读于圣心女子学院，战争刚结束不久，学校的课程也像战时义务劳动的后续活动一样，强迫学生帮忙搬运图书，都是战争期间被迁移的图书馆里的藏书。有一天，妹妹发烧了，医生诊断为感冒，但她一直没有退烧，从一开始就持续高烧，也没有了食欲。后来她住进了庆应医院，马上就不省人事陷入了昏迷状态，最终被确诊为伤寒。因为当时的隔离病房已被战火烧毁，于是马上就被转移到了传染病医院。虽然我和体弱的母亲轮流着照看她，但最终她还是在肠出血之后去世了。在她去世的前几个小时，虽然已经完全失去了意识，我还是听到她清晰地对我说："哥哥，谢谢。"我顿时失声痛哭。

战后还有一件我个人的私事发生。

我本该与战争期间交往的一位女子订婚的时候，由于我的犹豫迟疑，她不久便嫁给了别人。

我感觉妹妹的去世和这位女子的出嫁，日后都成了助推我文学创作热情的力量。从种种情况来看，我对自己的人生感到绝望。在那之后数年，我生活中那种荒凉的空虚感，现在回想起来都不禁令我感到毛骨悚然。在年龄上本该是最富于生机活力的阶段，也就是昭和二十一年至二十二、二十三年的这段时间，却是我最接近死亡的阶段。展望未来毫无希望，回忆过去百拙千丑。我想我必须要想方设法对自己以及自己的人生完整地加以肯定。但是，在战败之后的否定与破坏的风潮中，这种自我肯定，乍看之下，只会被认为是逆时代潮流而行。现在看来才明白，我这种只顾完全追求个性真实的生活方式，是有着浓重的时代投影的。于是十年后，连我自己也不知道我是堕落了，还是稍微进步了。也许是堕落了吧。虽然不是歌德《哀格蒙特》[1]中的话，但谁又能知道我们将去往何处呢？因为甚至都无人知道我们从何处而来。

1 《哀格蒙特》：歌德所创戏剧，描写了十六世纪尼德兰人民反抗西班牙斗争的历史。

不过回想起来，也有一件无悔之事。那就是，我在任何情况下，一直都最珍视我“现在的”思考，我一次也不曾害怕过自己会陷入错觉之中。

1955年8月发表于新潮社

十八岁和三十四岁的肖像画

一

我很怀疑究竟有没有所谓作家的“精神进步”一说。年轻时强烈反抗旧秩序，属于浪漫派、恶魔派、个人主义的人，到了中年成熟后，就成了古典派，成了关心社会、面带微笑的现实主义者。步入老年，又成了歇斯底里的人道主义者，极度尊敬民众。这样究竟算是精神进步吗？这难道不是一个平凡人在一生当中经历过的青年时期的意气用事、中年时期的成熟稳健、老年时期的软弱无力吗？只不过是给它们穿上了思想的外衣而已。再者，假设顺着进步主义思想的反方向梳理，那么社会主义青年即便到了中年变成庸俗势利的现实主义者，一到老年也就埋头于神秘主义了。总而言之，这岂不还是要套用青年的意气、中年的成熟、老年的软弱这样一个公式吗？若只给前者冠以精神进步之名，而将后者称为精神退步，那只不过是试图以一种尺度来衡量思想或精神罢了，与一个人所度过的一生毫无关系。

如此想来，作家这类人应该平等地兼顾双重法则来度过一生，即人生法则、生存法则和思想法则、精神法则。这两类法则首先要在常识上相互妥协达成一致，然后作家如果能驾驭这两匹马的话，那么，他就既能在思想上自我接受，也能在人生层面上引起绝大多数人的共鸣。在西方的二流作家当中，便有很多男人就是这样来设计自己的人生的。

说起来，对作家而言思想究竟是什么，这一问题并不那么简单。作家的思想和哲学家的思想不同，作家的思想必须是在他的皮肤下、肌肉里、血流中流动的。但他的思想一旦埋没于肉体中，那里就会生成一种叫作气质的麻烦东西。气质永远都是非发展性的，如果思想的本质在于发展性的话，那么被气质俘虏的思想便已经不再是思想了。

不过，先不要匆忙地将问题推进到这一步，与气质完全相结合的思想，我也认可它是思想。如此一来，这种类似“愚者一念”[1]，绝不会发展，只是不停反复并僵化的思想，看起来倒像是“作家的思想”，这实在不可思议。

最近，某位先生去拜访永井荷风时，从那一如既往总是紧闭着防雨窗的家中，传出了哼哼唧唧的痛苦呻吟声。那是荷风先生正在经受着神经痛的折磨。这位先生敲门请求进屋，屋里传来非常痛苦的声音说：“我已经这副样子了，请不要在意直接进来吧。”于是，这位客人便摸黑走进屋里，屋内灯也没开。荷风先生在那白昼的黑暗中，独自一人卧床痛苦着。但是，当这位先生一坐下，荷风先生便已收起痛苦呻吟的样子，起身正襟危坐，和寻常一样接待客人，并且对于客人提出的有关医生、药物、护士和家务等各方面的好心建议，依次全部予以拒绝，弄得这位客人无所适从。拒绝他人一切好意的决绝就挂在荷风先生的脸上，这位客人也只得夹起尾巴离去。

这段逸闻确实让人感受到了作家思想和精神是不加掩饰地直接

1　愚者一念：日语词语，意为愚蠢的人只会一心想着一件事，一条道儿走到黑。

写在脸上的。荷风先生靠他的个人财产能够过上奢侈的疗养生活，这是众所周知的事实。在明治以后的作家中，有这样一种类型的人，他们在青年时代发现了与自己气质十分相似的思想，一旦与这种思想结婚，便一生都坚贞地遵守一夫一妻制，连家门都不曾迈出。永井荷风、正宗白鸟就属于这种类型，说不定连大家公认的非思想性作家，如谷崎润一郎、川端康成也是如此。

在这种类型的作家中，无论他在技巧上有怎样的发展，都不可能有精神上的、思想上的发展，这点不言而喻。相反，那些与气质相互结合并完全僵化了的思想，会用我开篇提到的那种平庸的人生法则来保护作家，其中将产生出一种奇妙的结合，即僵化的老年和永远的青年之间的奇妙结合，可以说那就是一种青年木乃伊。

虽然这是一种司空见惯的逻辑，但应该将其归因于日本人老实温顺的社会特性。在日本，甚至可以直接将气质本身称为思想，这似乎是因为日本人极少拥有独特气质的生活方式。在外国，例如像英国这样的社会，也有不少完全算不上艺术家的普通人，始终坚持着古怪气质的生活方式。而在日本社会中，出于社会和个人双方面的理由，普通人要选择带有某种气质的生活方式是极难的，几乎属于不可能之事。“总之最好自己所住的街区平安无事”之类的消极主义支配着一切。在这样的社会里，作家的生活方式本身就是一种奇异之事，仅仅是作家的气质就足以算得上是思想了。而社会上也存在着这样的倾向，认为所谓思想就是一种出格的东西，就是勉勉强强通过古怪的形式去实现普通人内心所压抑的对自由的无限向往的一种东西，并且倾向将思想视为个性的代表。在这一点上，与气质紧密相连而成为固定观念的社会主义也是可能存在的，因此只有社会主义者才会认为社会主义在本质上并不贴近气质。

如此，思想性是从特殊的社会抵制中得到保障的，从这一角度来看，作家古怪的个人气质，与被国家禁止的外来思想，实际于日本作家来说并没有太大的区别。

那么让我们再回到之前的假设，即“如果思想的本质在于发展性”，在这种假设中，气质仅仅是气质，而绝不是思想。但是，在气质不发展的情况下，思想要想发展，它就必须彻底确保相对于气质的独立性。思想必须丝毫不受气质的干扰，将自律运动进行下去。如果气质代表个别性，那么思想就必须拥有非个别性和普遍性。不过，对作家来说，获得普遍性的道路只有两条，或是执着于个别性的气质，逐渐摆脱人生法则，在表现技巧上获得普遍性；或是压抑个别性的气质，发誓忠实于人生法则、生存法则并以此来获得普遍性。思想如果不接受前者，就只能偏向后者。偏于后者的话，任何思想的、精神的发展都会像我开篇所说的那样，只不过变成了人生法则的复制品而已。因为作家的思想并不是哲学体系。

并且，在一个作家的表现技巧上，个别的、气质性的东西与普遍的、人生的东西经常是微妙地混杂在一起的，前者成分较多的作家（正宗白鸟就是一例），未必就是唯美派、艺术派；后者成分较多的作家，也不一定就是人生派。

这样，问题就会纷乱纠缠、无休无止了。不过，这样思考下去的话，大致就能推断出所谓作家的思想大体应该处于什么位置了。那当然是必须处于皮肤之下的，但不应该是在气质所栖息的肉体深处那么深的地方吧。如果思想处于那样的地方，那它一定会像被深海的大章鱼吃掉的潜水员一样，被气质完全吞噬掉。如果思想处于不那么深的地方，那么它就不会被气质所侵蚀，相反它也不会成为摆脱人生法则的“青年木乃伊”，不会得到这份光荣。而另一方面，只要栖息于皮肤之下，就没有必要完全忠实地遵从人生法则，可以在适当的位置与人生法则保持不即不离的关系，但同时，也就无法达到作为思想应具有的完全彻底的普遍性。

这种思想在方方面面不断演变下去的话，首先就可以将其视为稳妥的“精神进步”吧。它既不完全受外部现实的支配，也不与内部的气质共同僵化，因此勉强还有发展的余地。于是就这样勉勉强强东倒西歪地发展，每年的叙事稍有不同，在略微偏离社会发展趋势的地方纺自己的线，最终达到大彻大悟之境，或尝试抛弃艺术，或尝试再恢复被抛弃的艺术……如此周而复始循环往复地度过一生即可。但是，世人会认真地将这种情况称为“精神进步”吗？

二

接下来必须要讲一讲我自己的事了。

我一直被自己的气质折磨着。最初在少年时代，我完全不知晓这种痛苦，同气质紧密地融为一体，浑浑噩噩地浮游于个人的气质当中，觉得很幸福。我是个冒牌诗人，是个写故事的人（《写诗的少年》1954年、《鲜花盛开的森林》1941年、《彩绘玻璃》1940年）。

那时，作为一个作家的觉醒和人生的觉醒扑朔迷离地相互纠缠在一起，我在这种状态下，冒冒失失地开始了小说创作。写出的是一种半有意识半无意识的小说，充满了暧昧的表达（《盗贼》1948年）。

同时，我在写故事方面也很即兴，像个淘气鬼一样蹦跳雀跃，开始创作了许多对我而言不甚辛苦的短篇小说。

直到我终于认清了自己的气质是自己的敌人，并且不得不面对它。当我终于无法忍受从这种气质中获取的收益除了抒情、说谎、小说技巧而别无其他时，我要清算这一切，要制作资产负债表（《假面的告白》1949年）。

写完这部作品之后，我的心情变得相当轻松。我尝试与气质和解，试图有意识地充分将气质同小说技巧结合起来（《爱的饥渴》1950年）。

此后，我尽可能地想要脱离自己的气质，脱离迄今为止与生俱来的技巧，试图描绘出一种抽象的素描，却失败了（《青色时代》1950年）。

我的人生开始了。我将自己的气质彻底地进行故事化处理，抱着一种叛逆的尝试，要把人生完全掩埋于故事里（《禁色》第一部1951年、第二部1953年）。

在这些尝试之后，我开始想要把所有的一切塑造成与自己截然相反的对立体，只用语言来构筑完全不能归咎于我本人的人物和思想。我被这样的想法所俘获（《潮骚》1954年）。从这时起，我开始抱有一种强烈的欲望，想要亲自实践，在人生中也将自己完全化为"自己的对立体"。我不知道，那究竟是自己的对立体呢，抑或只不过是迄今为止被忽略的自己本就拥有的另一面呢？

转年，创作《潮骚》时的理念再次回归并投影到自己身上。这一过渡时期创作的作品如堕烟海，雾里看花。在这篇作品里，我把拥有先天特质的主人公和反其特质的主人公强行结合为一体（《沉没的瀑布》1955年）。

随后，我终于安心地返回到自己的创作尝试，尝试完全利用自己的特质，使其结晶升华为思想。这次尝试勉强获得了成功，我的思想与作品得以同时完成，然后消亡（《金阁寺》1956年）。

接下来是勤奋创作过后的一段安静无忧的日子。虽然对那些带有古典几何学气息的心理小说有些怀念，但这种怀旧并不能回到形同往昔的样子。于是，我创作了以玩世不恭的不可知论为核心的、片面的通奸题材的小说(《美德的诱惑》1957年)。

我已经创作了以个人为题的小说《金阁寺》，接下来想要创作以时代为题的小说(《镜子之家》创作中……)。

至此，我的文学自传就结束了。

这期间，我还写了戏剧、随笔、游记和大量的短篇小说，但真正的自传只写进了长篇小说里。想来，我似乎也真的变成了日本式的“青年木乃伊”型作家了。

三

我不认为所谓文学的影响有什么了不起的。我的模仿力很强，就像一看到别人系着一条好领带，自己马上也想要一条一模一样的，同样，我一读到好的小说，即刻就想要模仿它。虽然有种种东施效颦之举，但如今我再读来，觉得那同样也是“我的”作品。总之，一个人是不可能真正成为他人的。少年时代，对雷蒙·拉迪盖的那种偏执，我也在多处随意提及、信笔写过，此处便不再赘述。

我想到一件还不错的事。凭这几页稿纸反正也写不下洋洋洒洒的文学自传，所以，在这里我想描绘两种肖像画：一张是十几岁的我，另一张是现在的我，以供垂阅。请读者带着想象，自由地对这二者之间进行联想吧。

首先是十八岁的我。

这一时期，战争已经明显露出颓败的端倪，东京随时都有可能遭受空袭。去学校必须在制服裤上缠上绑腿，否则门卫便不让进校门。军事训练成了重要的课程。

我是个认真的学生，出于理性的虚荣，并不讨厌学习。外语学的是德语，但我觉得既然在学校取得了好成绩，就没有必要再去涉猎原著。因为反正我要被招去入伍，不久就会死去。每每想象至此，身体便不时感觉被针扎一般的爽快。可是，仔细想来，我又觉得死是可怕的，艰苦的事情也不合我的本性，即便在学校的军事训练中，我都不是当小队长的料。所以我幻想着能不能设法免服兵役呢。我具有超乎寻常的空想能力，预感自己临死前能侥幸获救，似乎可以尽情地体会惊险与安稳的双重滋味。

直到十五六岁，我的身体一直非常虚弱，总是饱受欺侮，但到了这一时期，虽然我依旧消瘦，却很健康，并且我有信心即使参与行军也不会掉队。再加上我已经是高级班的学生了，所以不必再担心会被谁欺负。

我喜欢歌舞伎和能乐，一提起娱乐，至多也就是去观赏这些了。除了学校强制之外，我不做任何运动，在家时，只是埋头读书或写小说。我读的都是文学方面的书，诸如日本的近代小说、近世文学、中世文学、古典文学、法国的翻译小说等，随心所欲地一本接一本地读着只合乎自己喜好的书。在此之前，我明明一直热衷于法国的心理小说，并且一味地进行模仿，但此时的我被日本浪漫派所吸引，它的锐气就像披挂红绳铠甲的年轻战士一般诱惑着我。于是我开始一心只顾模仿日本古典，创作些仿古的、唯美的故事。

我当上了学校文艺部的委员长，编辑一本名叫《辅仁会杂志》的校友会杂志，同时给学校语文老师参与的同人杂志《国文学》投稿，还与学校的两位学长一起创办了同人杂志《赤绘》。我这一副够格的文学青年派头，令父亲大为不快。但我在升入大学时还是听从了父亲的话选择了法律系。反正不管选什么专业都一样，因为我是一个即将赴死之人了。

在学校，如果论文学的话我是独占鳌头的。我在这方面略胜人一筹，所以我不讨厌去学校。再加上，最重要的是没有其他可以去玩耍的地方。从学校回到家里，我就立即闷在书房，直到睡觉前都只顾埋头伏案。坐在书桌前，我的心情非常舒畅，寸步也不想离开。我最讨厌哲学书，对于自我精神形成之类的问题不屑一顾。而且我并不那么讨厌自己。我写小说最讲究的就是比喻。如果发现一个好的比喻，我会一整天都沉浸在幸福之中。即使是阅读他人的小说，也总是佩服作品中的比喻。

有一次，一个加入棒球队的朋友被诊断为肺浸润，即将休学前，在回家的电车上他突然问我：

“你做好赴死的准备了吗？”

我顿时觉得眼前一片黑暗，我深切感到，人生尚未开始，实在不甘即刻去死。

在那之后，过了半年，那位朋友便去世了。

……

然后是现在的我。

现在的我已为人丈夫，对妻子适当摆摆架子，在家里按照常识生活，正在经营自己的家庭，过得颇为快活，现在和过去我都喜欢评论他人的是非长短。听到别人说我比起实际年龄显得年轻，我便沾沾自喜。我也追随潮流穿些轻佻的衣服，并且一脸只对恶俗之物感兴趣的样子。

我留心不说任何认真的话，非常蔑视理性的虚荣，也基本不读书。我时刻提醒自己要活到一百五十岁，时刻注重健康。

星期一、五我去练习剑道，星期二、四、六去健身。比起文人们或臃肿肥胖或瘦骨嶙峋的身体，我想没有比我更出色壮实的体魄了。再者，我也已经当了十三年的作家，不再那样畏惧他人了。

我已经无心再把歌舞伎、能乐和话剧当作娱乐来观赏了，结婚之后也不再跳舞。说起娱乐，就是看看电影，对大块牛排能朵颐大嚼，与朋友闲聊能漫无边际。在家时，每天晚上从半夜到第二天早晨，孜孜不倦地写长篇小说。有时则出门去采风调查，全无兴致写其他类的小说，既不想碍于情面去交际应酬，也不想见文坛同人。

我基本上不读小说，但评论之类还是很爱读的。并不是要从中接受什么影响，我已经被迫读了太多其他作家的描写，而现在只凭理性分析的乐趣就足以满足读书的愉悦了。我和文学同好创办了名叫《声》的同人杂志，这部杂志的同人从本质上来说，都是评论家。

在写小说的时候，虽然我对曾经热爱的比喻技巧已经感到厌倦，但还是不时地会去运用，就像沾染上了恶习一样。我也厌倦了心理分析，我觉得只要从瞭望楼上更多地俯瞰人们，任由那些家伙到处乱走，或购物，或恋爱，最后再紧紧地将其抓起来、捕捉到就可以了。我只有在绝不会外出的半夜才会坐在书桌前，有太阳照射的时候，我就想一直置身于太阳之下。从3月到10月，我每天都晒日光浴。我真正有意亲近太阳是从1952年的环游世界旅行开始的。我依旧对自我精神的形成不屑一顾，相比之下，我觉得更重要的是自己的胸围最好再增加十厘米。工作进展顺利的时候，在第二天也会一整天仍然感到幸福，觉得自己拥有足够幸福的权利。

尽管如此，我偶尔会想要加入自卫队。我不愿意因病而死，也不愿意被原子弹炸死，但如果是被枪打死的话，那是可以的。

“你有赴死的准备吗？”

已故友人的话又在我耳畔响起。他那么一本正经地问我，虽然我也只能回答没有，但是死的观念依旧是我工作最甜美的源头。

1959年5月发表于《群像》

作家と結婚

私の見合結婚

母を語る——私の最上の読者

小説家の息子

紫陽花の母

对于恋爱我是深感怀疑的，

一旦别人喜欢上自己，

就会越发起疑。

作家与婚姻

有个好心的朋友告诉我，某位女士若无其事地这样议论我："三岛由纪夫竟然要通过相亲结婚呢，看来他也就是个普通男人而已。"另有其他友人也说，像我这样容易招致他人误解的人也是少有的。

世上有很多人完全被他人所误解，但他人并没有意识到这一点，反而认为被他们误解的对象一点也不无辜。可以说社会上多半的人都是如此。有些人一辈子在他人眼里都是光明磊落、风趣幽默、令人愉快的，但出乎意料，实际上可能他的心性与他人眼中之他截然相反。就像有人以为我豁达磊落，而实际上我有些神经质；又或者有人觉得我看上去神经质，实际上豁达磊落。也许将正反两面都暴露在世人面前，才可以说是最坦率的。

社会上的普通人都会被分类，比如大多数人会认为肥胖的人就是乐观的，纤瘦的人就是神经质的。但是作家，他们既是人又发表文学作品，所以读者会基于双重误解，对作家们进行各种想象。也许有些作家与读者的想象完全一致吧。《德·奥热尔伯爵的舞会》[1]中有这样一句话："那时，玛欧见到了安努，感到厌恶。安努看上去和讨厌他的人描绘得一模一样。"

1 《德·奥热尔伯爵的舞会》：法国作家雷蒙·拉迪盖所作长篇小说，于1924年出版。是他的第二部小说，也是他的遗作。

我有时感到惊讶，自己不高兴时的样子与讨厌我的人给我画的肖像竟毫无二致。

这次，人们得知我即将结婚，好像会带着各种误解去揣测我的婚姻。我不打算对此多做说明与解释。但对读者怀有的单纯疑问，我必须做出回答。

首先有关我要结婚的行为，虽然大家都说是出于孝顺父母或其他缘故，但母亲身体的每况愈下并非最直接的原因。很早以前，我对结婚就有一个不同于常人的想法。那就是，我必须在自觉还年轻的时候结婚。我已经三十三岁了，再过两三年便不会再觉得自己年轻了吧。每每想到此，我便觉得很可怕。这世上也有女人专门喜欢四五十岁的男人，但我并不想与这样的女人结婚。所以我想趁着年轻一定要结婚。（虽然不知道自己是否还算是一个青年……）

另外，我还害怕的是，尽管到了四五十岁才结婚的不乏其人，但一个男人四十岁还单身的话，总有种奇怪的颓废之感。四十岁的单身男人，不管是注重仪容还是不修边幅，总给人以萎靡的印象。所以我不想变成那样的男人。

我前后相亲了两三次。相亲的成功与否，通过当场的气氛就大致心中有数了。我觉得根据现场氛围与彼此的表情便能判断出来。当然，正所谓"终身"大事，不结婚是不会了解的……但是，倘若真有人独得识人慧眼，反而很奇怪。很多不都是靠第一印象或朦胧的感觉吗？不可能有更深的了解了。我相亲的首要条件便是重视家庭背景。从这一点来看，我选择了一位艺术家的女儿是正确的。对于收入或金钱的观念与收入的高低无关，这种观念因职业不同会千差万别。总之，靠眼前的丈夫挑灯熬夜、辛苦写作来养家糊口的家庭，和一个丈夫穿着棉袍，一大早就喝着酒，只凭股市涨跌便能大笔进账的家庭，这两种家庭对于整个生活的观念自然不同，对金钱的想法也会大相径庭。

我想强调我相亲结婚这件事完全是基于个人的特殊情况。我觉得想通过自由恋爱的方式结婚的人大可随心而为。我既不是相亲结婚的支持者，也不是恋爱结婚的拥戴者。人们总是对自由恋爱充满着浪漫的想象，但我却认为它的选择是有限的，只能在自己力所能及的范围内进行。比如，在木曾的深山处，一位女子从对面山岭爬上来，而一名男子从这边的山岭登上去，两人恰巧在山顶相遇并一见钟情，这样的事情在城市里绝不可能发生，所以我认为在自己的行动范围内，恋爱的选择是有限的。因此，尽管你自己觉得是在自由恋爱，但那终究是一种在社会制约下的幻想。

而我的特殊情况，可以说是更加受限。我并不是不可以恋爱。在东京，有很多喜欢文学的女孩子，只要我说出“我是写小说的三岛”，必定有女子满怀好奇，慕名而来吧。我从中选择一个对象，轰轰烈烈地谈场恋爱再结婚，也许就能为世人所接受了。可对我而言，这是毫无意义之事。如果我就此结识了一个追名逐利的女子，并错以为是在谈恋爱，社会大众也许喜闻乐见，但我并不会为了迎合世人而结婚。我思来想去的结论是，我要找一位性格文静、合我心意的闺秀，而且她能够接受我对于结婚的各种苛刻条件并愿意迁就。之后，再慢慢谈恋爱。而所谓一般的恋爱结婚是没有如此多的附加条件的，因此我终究还是选择了通过相亲方式找结婚对象。我觉得这般想法很合乎逻辑。实际上，对于恋爱我是深感怀疑的，一旦别人喜欢上自己，就会越发起疑。

昔日，菊池宽带着女子出门，有人便说对方是慕名攀附而来。对此，菊池宽这样答道：“菊池宽这一名义也是我的一部分，由于名称是我的，所以也可以说女人们喜欢的就是我。”虽然菊池宽的态度理直气壮，可我不免感到疑惑，他的内心是否也如此想得开。至少，我是无法如此豁然的。

在日本，文人受到社会的过度追捧，也会产生各种类似的无聊错觉，而在外国则不同。即便马丁·杜·加尔[1]每天早上拄着手杖在香榭丽舍大道上散步，或者福克纳[2]漫步于纽约街头，谁都不会注意到他们。实际上，我就曾见到亨利·方达[3]在纽约的施瓦茨玩具店里被迫等待了三十分钟之久，但并没有人理睬他。这若是在日本，他恐怕会被围得水泄不通，外套都会被扯掉。

当然说实话，受人欢迎肯定比无人问津来得好。得人奉承会很高兴，被请求签名也不会觉得厌烦。人就是这样，如果你说不喜欢这些虚荣，反倒显得做作。而人们在为此沾沾自喜的同时也是在作茧自缚，终究会成为贻笑大方的笑柄。在日本，作家的作品畅销与其个人名气总是休戚相关。或许这就是日本作家的宿命吧？

我是世上最讨厌骚乱与纠纷的人。为了避免这些骚乱和纠纷妨碍到工作，我除了采取“laissez-faire”（放任主义）[4]，别无他法。与那些具有古雅气质的文人，以及最近的类似太宰治、坂口安吾之类的颓废型作家不同，我有自己的生存方式。

1　马丁·杜·加尔：1881—1958年。法国小说家，因巨著《蒂博一家》而闻名，获1937年诺贝尔文学奖。

2　威廉·福克纳：1897—1962年。美国小说家，著有《喧哗与骚动》等，1949年诺贝尔文学奖得主。

3　亨利·方达：1905—1982年。美国演员、影视制作人。

4　放任主义：自由放任主义或无干涉主义，源自法语的“laissez-faire”（“让他做、让他去、让他走”）。

他们完全凭借主观意识在行动，想要弃家出走就弃家出走，感觉应该离婚便马上离婚，一切都随意念而动，在他们看来生活是全凭个人的主观意识来左右的。但我不主张将主观意念带入生活，所以对一切都是放任自流，顺其自然。我之所以讨厌太宰治，正是因为他将主观想法带到生活里，并且将此视为文学性，这种风气让我厌恶。

有这样一件轶事：据闻巴尔扎克身边的秘书曾说，即使给他拿破仑的地位和拜伦的名声，他也不想成为一名作家。在巴尔扎克身旁，看着巴尔扎克深夜靠一杯杯咖啡凝神创作的生活景况，他不愿意当作家也就不足为奇了。作家多少都会有如此状态。我想我的生活也会变成那样吧，至少在精神生活方面，我与安吾先生的情况相差无几。毕竟都是同时代的文人，我身上也有类似太宰治的部分。不过我着实不愿像太宰与安吾那样，从外表就被人看出颓废的样态。譬如，将川端康成先生与太宰先生的精神生活相比较的话，我不知道谁更加具有悲剧性。虽然川端先生既不会自杀[1]，也没有吸食非洛滂中毒，更没有破产，但他的精神生活比起太宰治，我觉得可能更加充满悲剧性。

常常会有人问，如果那样的作家与身为普通人的父母、妻子一起生活的话会怎样呢？但由于我是个放任主义者，所以我觉得那样一来我的随性自由只会变得复杂些而已。

也许有人会说我的生活就是一种表演，不过我到底是面向世人在演戏，还是对着自己在演戏就说不明白了。然而我认为如果不演

1　1948年，太宰治投河自杀。1970年，三岛由纪夫剖腹自杀。1972年，川端康成煤气中毒自杀。

戏的话，完全无法生存下去。为了活下去，最低限度的要求就是演戏，我觉得这也无可厚非。

大家早就在议论，如果我结婚的话，一定会是一个非常完美的丈夫。但那不是只需装装样子就可以了吗？人为什么既有精神又有肉体呢？我认为那是上帝在暗示人有一半是虚假的存在。如果人只拥有客观的肉体存在，便真正不再需要伪装了。如此一来，干脆放弃社会生活，放弃人类生活吧。无论看起来多么诚实的人，也生活在伪装的世界里，所以我最讨厌装模作样的所谓艺术家。因为真正的艺术家本不属于伪装的世界。装出一副艺术家的样子根本没有意义，那必定是冒牌货。世人对于所谓艺术家的印象大都是长发披肩、穿着灯芯绒西服信步闲逛之人，但这样的人一定是徒有其表的冒牌货。

我一向说我不想娶一位看似熟谙文学的女子为妻，她最好连我的作品也不要读。但是，如果她渐渐开始阅读，即便我为了不让她看我的书，对书又禁又锁，她仍在书店买回来阅读的话，我也无可奈何。只不过，我唯独不希望她评论我的作品。我打算事先向她表明，她可以阅读我的作品，但不能对其说长道短。这是我最后的妥协。

即使外界把我的作品说成败笔之作，我也丝毫不会回应，但是被家人贬低，我会觉得很难受。像我父亲，当年我在报纸上连载小说时，每当他说“这写得太无聊了，真没意思”时，都让我心烦不已。更何况被妻子这样批评的话，我会更加难以忍受吧。

这世上有些人可能不在意家庭琐事的繁杂，但是我对生活中的麻烦事是避之犹恐不及的。这一点从妻子的角度看来，可能会觉得我是一个冷漠的丈夫。因为对我而言，工作就是一切的中心，已经超越了一般社会观念中的利益得失。尽管一件事在他人看来显然是吃亏的，但只要对工作有利，我即便吃亏也会心甘情愿。也许这就是我与一般人最大的不同之处吧。如果真想体恤慰劳自己，就要乐于吃亏，这才是真正的艺术家。

我无法效仿一般人以麻烦为乐的做法。那些热衷于打官司的诉讼狂，花费时间和金钱缠讼不休、混乱交战，他们的那种乐趣我无法理解。有些人认为，若是没有消遣麻烦的能力，是无法享受到人生大部分乐趣的。所以从这点来说，作为这个社会中的一员，我也许从根本上就有所欠缺，不是个能独当一面的人。

高中时，有一天我和朋友两个人一起乘坐电车，看到一位夫人抱着孩子，朋友便对我说："孩子多可爱啊。"当时，我大为惊讶，觉得这世上竟然有人有如此不可思议的想法。那位朋友是家中长子，加上父亲早逝，因此他可能早早就有了社会责任感。从那以后，很长时间内我都没有觉得小孩有什么可爱之处。但是最近我不由得想要有自己的孩子。现在这个想法更加迫切，并且希望先降生的是女儿。一般来说，女孩比男孩更容易养育，这也许是由于女性天生就能忍耐繁杂琐事吧。我曾看过一部电影，名叫《处女奥莉薇娅》[1]。电影中一群女学生在宿舍嬉戏打闹，从早到晚吵成一团，彼此嫉妒吃醋、互相中伤，情仇爱恨林林总总纠缠在一起，她们身在其中却悠然自在。与之相反，男孩们个性怯懦，一点也不能面对情感上的纷扰。只有在没有感情纠纷的地方我才能放松喘口气。

不久前，我对吉田健一先生说："你们家一切以孩子为中心，真是很好啊。"他回答的很有意思：说到底不为孩子操心的最好办

---

1 《处女奥莉薇娅》：原名 Olivia，法国电影，1952年在日本上映。

法就是顺着孩子。仔细周到地考虑孩子的想法，采取一切方法不让孩子学坏。若不细心对待孩子的话，他们会吵闹着妨碍父母的工作，最后会给父母带来致命的打击。也就是说，即便从家长的私心出发，也得疼爱孩子。我感佩他确实说出了一个真理。

我对自己的妻子没有太多期待。不过，我已与她讨论过怎样当一个作家的妻子。依我个人的见识来看，教育太太的首要目标就是让她成为一个适宜当作家妻子的人。至于她是否擅长烹饪料理，是否擅长针线缝纫，我都不会强求。我甚至觉得，如果不擅长家务也是其可爱之处。不过，有一点我不能宽仁大度，那就是她一定要处理好对外事宜。当然，无论是多不合格的妻子我也不会在报纸上说她的任何不是。但是，社会是更加险恶的世界，对妻子这一角色绝不会以宽容相待。我想让妻子明白，社会在关注着她的一举一动。

作家的妻子要如何协助自己的丈夫呢？这种事大概因人而异，不能一概而论吧。有的妻子会一起熬夜帮忙查阅字典，也有的会与丈夫讨论和服的花纹样式。福田恒存先生说："作家的妻子还是要懂得文学且能帮助到自己的比较好。"对于这种观念也是仁者见仁智者见智，并不能确定怎样为好。不过，我认为作家终究是不能为妻子所理解的，那样也好。而事实上，我坚信即使没有妻子的理解，作家还是得生存下去。

1958年7月发表于《妇人公论》

我的相亲结婚

我一直认为想恋爱的话就恋爱好了，文人的单身时期还是拉长些为好，我自己要在四十岁之后再结婚。但是，三年前在我步入三十岁的时候，不知为何，心里逐渐变得不安，开始认真考虑起结婚这码事来。以一个即将迈入中年的三十岁男人的心境来说，这是自然而然的。因此大前年我在新出版的《作家的休假》中写过："早晚我也要结婚吧。"这是我第一次在文字上表达自己有关结婚的想法。

那么，接下来一直在考虑的是，要结婚的话，是通过自由恋爱的方式结婚好呢，还是通过相亲的方式结婚好。若是自由恋爱结婚的话，新闻界应该会很高兴吧。但是站在我的角度，我很怀疑那样是否能够获得纯粹的爱情。如果我是个学生，对方也是个正在上学的闺秀，那么就有可能谈一场世间普通意义上的恋爱。若能如此也是不错的。不过，我已经拥有了文人这一社会名声。因此，会有不少狂热的文学爱好者或者追名逐利的女子来接近我。她们之所以如此，并不是对我个人，而是出于对文人这种社会身份的兴趣。如果认为从中能够获得纯粹的爱情，那未免也想得太天真了。这种情形即使演变为恋爱，即使对方没有恶意，我仍会有所怀疑，这究竟是不是恋爱呢？

其次，还有一点就是我与普通工薪族的经济条件不同，从而生活条件也不同。倘若对方觉得我是文人，因此就能过上铺张奢华的生活，这就让我很是苦恼了。

如果对方是一位在经济条件较差的环境中长大的女子，以为来到我身边就成了名人的妻子，我也会很为难。文人这个工作，说不定什么时候就会陷入低迷，说不定什么时候就必须隐忍雌伏，如此一来，若对方是个喜欢挥霍玩乐的小姐，是绝对不合适的。

深思熟虑之后，我觉得就我的婚姻而言，是不应该采取自由恋爱这种方式的。虽然我的周边有许多作为玩伴来说是很有趣的朋友，但没有一个是我想要当作结婚对象来考虑的。

有没有这样的女子呢？“她处在结婚适龄期，对文学之类的毫无兴趣，爱做家务又孝顺父母，性格淳朴温和又女人味十足，即使穿上高跟鞋也比我个头矮。她一定是个可爱的姑娘，长着一张我喜爱的圆脸。她绝不会介入我的工作，而是把家打理得井井有条，来间接地支持我。”要想找到这样的姑娘，就只能通过相亲的形式了，除此之外别无他途。只有相亲才有条件让此前无从了解的两人知道对方的底细，我由此得出结论，自己应该通过相亲方式结婚。于是便把自己的想法对父母如实相告，让他们按照这种条件去物色合适人选。其间虽然也有过不少提亲的，但没有遇到双方都觉得合适的，一晃就到了今年三月份。

*

却说3月23日这天，汤浅夫人前来造访，她很久以前就与我家有着亲密的往来，和我是很好的漫才[1]搭档。她带来了一张照片，

1 漫才：日本曲艺之一，表演以滑稽的问答为主。此处引申义为开玩笑。

并说这是日本画[1]画家杉山宁[2]先生的长女，叫瑶子。汤浅夫人与瑶子的姨母小松夫人是朋友，因此才有了这个提亲的话题。两周之后我便与瑶子见面了。在相亲席上，我对着汤浅夫人胡言乱语，把我整个人完全暴露在了瑶子面前。我的胡言妄举在瑶子那里也许打破了相亲这种形式固有的所谓刻板沉闷的印象，但在另一面，反而会使她觉得我是个不够稳重的人吧。

5月5日，亲事正式定下来。汤浅、小松两位夫人都是办事非常麻利的人，因此她们觉得"既然定下来了还是趁早为好"，于是紧锣密鼓地推进这件事，并把婚礼定在了6月1日举行。这让我和瑶子都大吃一惊。固然我早先对一般相亲后的订婚期间过长抱有疑问，但是如此短的恐怕也是很少见的吧。订婚时，我对瑶子说，"夏天，我们举行泳池婚礼吧。将客人请到泳池周围，他们举起汽水祝贺我们时，也让他们把我俩一起推进泳池，怎么样？"瑶子听了拒绝道："我不会游泳，不喜欢这样。"于是只好作罢。

瑶子的父母杉山夫妇说："瑶子毕竟还在上大学，是个不谙世事的孩子，若能知悉谅解这一点，我们非常愿意你迎娶她。"据说瑶子正在学习茶道，接下来将要开始学习烹饪。不过，好在我们与长辈一起居住，烹饪就由我母亲来教她好了。我一直是吃母亲做的饭长大的，当然由母亲来教她比较好。瑶子从未读过我的小说，至今也不读。她退了学，我觉得挺过意不去，但她却宽慰我，说她也

1　日本画：受中国、朝鲜传入的绘画影响形成的日本独特的绘画形式。使用毛笔在丝绸或纸上作画。日本画的说法是相对油画而言。

2　杉山宁：1909—1993年。日本著名画家。东京人，毕业于东京美术学校（现东京艺术大学）。在细腻的写实的基础上，将日本画的装饰性发扬光大。以清晰的构图和清新的画风引领战后的日本画坛。

并没有什么特别要研究的。表现得极为开朗。总之，不仅是我，我的父母都很满意这个媳妇，因此相处起来非常融洽。

母亲很久以前就说过："希望能娶一位受家人宠爱，在温暖环境下长大的千金做儿媳。"对女性而言，所谓被家人宠爱是相当重要的。如果在受到阻挠、遭遇折磨的环境下成长，男子有可能在逆境中获取自己事业的动力，经过千锤百炼成为一个优秀的人。但如果是女子受到环境伤害，我想在她的心灵上一定会留有痕迹。而一直受到宠爱呵护的女性，心底则会一直保持着美好纯净，所以成长环境是至关重要的。瑶子家是两男两女，她是姐弟中最大的，一直深受父母宠爱。这一点让母亲深感满意。以往，我一穿上花哨的衬衫，母亲就会喋喋不休地唠叨说，穿成这样就没有人愿意嫁给你了。但当我与瑶子的婚事定下来时，她立即笑逐颜开地说，你现在穿什么都可以了。

*

即使结婚之后，我也同此前完全一样，将工作放在第一位。说起来，我丝毫没有打算像岛崎藤村[1]那样，为了工作以至于让孩子舔盐巴导致营养失调，不过，我倒是做好了不惜为事业牺牲的思想准备。工作是第一位的。迄今为止，我不曾为了家庭而牺牲工作，也不曾为了给妻子买汽车而创作小说……总之我从不是为了什么而工作，将来也不愿这么做，这点瑶子也做好了心理准备。

1　岛崎藤村：1872—1943年。日本诗人、自然主义文学代表作家，著有《破戒》《春》《家》等。

话虽如此，我并不会要大男子主义。虽然口头上固执己见，但我不会成为任性蛮横之人。瑶子的母亲曾向我提出过一个很实际的问题：

“当你工作进展得不顺利时，或为了作品内容烦恼时，你会怎样处理呢？”瑶子的父亲杉山宁是一位清高的艺术家，对自己的工作绝不敷衍塞责。由此而带来的苦恼，瑶子的母亲作为画家的妻子肯定是有切身感受的，正因如此，她才提出了这样的问题。作为父母，要把女儿嫁给同样是艺术家的人，大概最担心的就是这一点了吧。我回答道：

“即使在这种时候，我也不会掀翻小餐桌，不会荒唐胡闹的。充其量只会略微沉默些，或比起平日来少开些玩笑罢了，没什么了不得的。”而事实也确实如此，岳母便放心了。

也有人对我说“你应该会是一个好丈夫”，但我自己对此并不清楚。因为我也是第一次结婚。再者，现在过度地说大话，之后就会被人抓住小辫子。总而言之，已经三十三岁的我，还能迎娶二十一岁的可爱妻子，虽厚颜无耻，但我很高兴。

*

新闻媒体和读者通过我的作品给我塑造出的形象，实在是不可思议。当然，没有哪部小说是完全没有作家本人的影子的。在我作品的某些地方，也有着我的影子。但那并不完全是我自己。例如，我要写一个汽车司机的故事，虽然我其实并不会开车，但在那位司机身上有我的影子。我曾写过一个纵火焚烧金阁寺的男子，但我本人并没有放过火，也没有想过要纵火。然而，如果我不把自己投入到故事中来创作的话，这篇小说就无法完成。而读者却将作品人物原封不动地当成我本人来理解了。

因此，没见过我的人应该会想象我是个什么样的人吧。或许会猜想我是一个阴郁而少言寡语之人，或许会推测我是一个完全推翻他人意志的心术不正之人，又或者会觉得我是一个病态古怪之人。我在世人心目中的形象是无法改变的，真实的我只要让妻子懂得就可以了。

话说，我越发想要创作悲剧小说，丝毫不想写什么明快的小说。佐藤春夫说："幸福就像冰激凌一样容易融化，因此它比不上悲伤，悲伤能转化为诗。而幸福在没成诗之前就融化掉了。"我也如此认为。幸福无法成为小说的题材。斯特林堡[1]结婚三次，离婚三次。他对妻子的憎恶和对地狱般的结婚生活的回顾，使他从中创作出了许多悲剧。我谢绝那样的生活，但那种关系恶劣的夫妇着实有趣。比起幸福，不幸是能写成小说的。

莫里亚克[2]的家庭诚然是一个和睦美好的家庭。但是，有一天，他在餐桌上和儿子发生了一些口角。当然，这是普通家庭常有之事，而据说莫里亚克进入书房，在思考的过程中，这一小小的口角逐渐膨大，最终发展成为一篇描写一对极度对立、完全不认可对方的父子的悲剧小说。

---

1 奥古斯特·斯特林堡：1849—1912年。瑞典戏剧家、作家。瑞典现代文学的奠基人，创作的戏剧典型对近代戏剧产生很大影响。著有《红房子》《死魂舞》等。

2 莫里亚克：1885—1970年。法国作家，获1952年诺贝尔文学奖。著有《爱的荒漠》《黛莱丝·台斯盖鲁》等。

作家是水生花[1]。就是那种一放入水中，就粲然盛开的花。人之生活常情就是尽量扼制不幸的种子，不断努力让幸福的种子生长。但作家却要在一切机会中抓住不幸的种子，将其养育在自己体内并使其茁壮成长。

总之，我们要构建一个明快愉悦的家庭。我对瑶子说：“至今我一直都是从晚上十二点工作到凌晨四点，不过，现在要不要改变一下这种工作习惯呢？”瑶子却说：“还是保持你原来的样子吧，我会配合你的。”

我妹妹于昭和二十年（1945年）去世，之后就只剩我与弟弟二人，十分孤单寂寞。因此我和瑶子都希望能有很多孩子，不过唯有这点要看上天的巧妙安排了。

对作家来说，工作进展顺利时的幸福感，还有当这项工作完成时的幸福感，都是稀世罕见的。我现在正着手写一部一千页稿纸的长篇小说，而我当前的人生目标，就是通过这部长篇小说所收获的作家的幸福和我结婚所收获的幸福能齐头并进。

1958年7月发表于《主妇之友》

1　水生花：一种假花，放入水中便可吸水绽放。

谈谈母亲
——我的最佳读者

上个月的大江健三郎[1]先生和再上个月的深泽七郎[2]先生都谈论了“母亲”这一话题，这次轮到我了。要说我们这三位作家的共通之处，或世人认为我们的共同点，那就是从精神分析的角度看，三人都具有相当强烈的恋母情结。原本我就主张作家的才能来源于恋母情结，所以能追随以上两位作家谈论同一话题，我感到很高兴。在恋母情结这一点上，谷崎润一郎先生是毫无疑问的代表性作家，川端康成先生、舟桥圣一先生[3]也都如此。谷崎润一郎先生尚年轻时母亲便去世了。在他“永恒的女性”这一理念中，他母亲的美丽身影始终如影相随。

我的母亲出生于明治三十八年（1905年），年轻时是个大美人。她现在五十三岁了，今年春天生了场大病。做手术时，她对医生说不想手术后留疤痕，让医生很是为难。直到她脸部消肿，恢复原貌后，医生对她说“夫人，您又变漂亮了呢”，她才觉得非常开心。

我年幼时，大约在断奶前后，便被带到祖母身边，由祖母抚养

1　大江健三郎：1935—　。日本小说家，著有《饲养》《个人的体验》等，获1994年诺贝尔文学奖。

2　深泽七郎：1914—1987年。日本小说家，著有《风流梦谭》等。

3　舟桥圣一：1904—1976年。日本小说家、剧作家，著有《我所爱的人的胸饰》《雪夫人绘图》等。

长大，这让母亲很是苦恼。对我而言，母亲，就像偷偷幽会的对象，或是不为人知的秘密情人般的存在。母亲当时似乎有许多烦扰，婆媳间的烦心事，自己孩子被婆婆强占的悲伤等等，但她从不曾让我有所发觉。母亲偶尔悄悄带我出门的日子，在我幼年的记忆中，就像与情人幽会的日子一样快乐而美好。

例如，母亲会带我去看牙医。她会到四谷的学习院初级班来接我，放学后我们便一起去牙医诊所。牙医诊所位于从四谷站出发靠近市之谷的地方。那时是什么季节呢？好像是春天，我记得从学校前往四谷站，沿途有蝴蝶在飞舞着。由母亲牵着手回家，让我觉得欢喜又得意，想着如果这不是去看牙医该多好啊。那日阳光灿烂，学习院初级班的学生们背着书包，由各自家里的佣人领着走向四谷站。有的学生一边被领着一边倒退着走，让佣人很是愁恼。那时是赤坂离宫前还点着煤气灯的年代。

公园里的绿树随风摇曳，我想起秋天路过那个公园时，喜欢去捡橡子。我拉着母亲从公园里穿过，那里的喷泉不停喷溅出水花。

然后，到达四谷站附近卖气枪的店铺，我会把鼻子抵在橱窗上。因为还是孩子，鼻子很扁，压在橱窗上眼睛正好紧贴着玻璃。橱窗里摆放着满满的气枪，闪闪发亮。不过，在我们家是禁止买气枪的，因为我是被家人捧在手心里养大的，不可以玩危险的玩具。

不知是故意还是出自真心，我闹着不愿去看牙医，因为我想一直和母亲就这样走下去。于是，母亲为了哄我，便带我到那附近的咖啡店买点心给我吃。那时我感到非常幸福，点心的甜蜜和母亲的宠爱交融在一起。关于那之后被强行带去牙医诊所的痛苦，现如今我一点也记不起来了。

母亲一直对我很温柔，这是自然的，因为我不是母亲一手带大的，所以她也没必要对我严词厉色。我见到母亲时，她总是穿着漂亮的和服，美丽又优雅。开家长会时，我很自豪有位漂亮的母亲。我不喜欢母亲穿着朴素的和服参加家长会。学习院的家长会是一种社交场合，是悠闲的夫人们打扮得雍容华贵来交际应酬的场合。我希望我的母亲在那里看上去比别人漂亮，比别人年轻。并且，我很瞧不起某些朋友，他们的母亲就像邋邋遢遢的老太太。

我小时候，母亲的身体不好。一次，有位与我家关系很近、常来走动的熟人带我去看电影，回来的路上和我一起吃饭时，他不慎说了一句："你也是挺可怜的，我看你母亲大概是看不到你毕业了吧。"听到他的话，我对他感到非常憎恶，沉默着对他怒目而视。幸好这个不吉利的预言并未成真，自此以后母亲对我来说就像虚幻脆弱的存在，好像下一刻就要消失不见了一般。

那时，我着迷于埃里希·凯斯特纳[1]的童话《小不点和安东》，想象着故事里的雪花冰激凌是多么好吃的甜品。有一天，父母带着我去新格兰饭店吃晚餐。饭店位于现在的阪急百货公司顶楼。我想，当时在东京有现场演奏的餐厅大概只此一家。回家的路上，我说想要吃雪花冰激凌，父母很是为难，他们两人都不知道什么是雪花冰激凌，我却任性地认为一定会有卖的。但是，我们问了一家又一家店，最终也没能在银座吃到雪花冰激凌。那是我第一次知道，原来还有在银座买不到的东西。

我的母亲出身于汉学研究者之家，在那里度过了幸福而又多愁

1　埃里希·凯斯特纳：1899—1974年。德国儿童文学作家、诗人、小说家、剧作家。《小不点和安东》是他的第二部儿童小说，1931年出版。

善感的少女时代，是典型的大正时代的女孩。也许，在少女时期接受的教养——即便算不上教养也可说是一种生活色调——会影响一个人的一生，所以母亲至今依旧保持着大正女子的气质。以前，流行过一种覆盖住耳朵的发型，母亲也曾梳过一段时间，而我觉得那种发型是最适合母亲的。母亲结婚前，正是竹久梦二[1]、冈本一平[2]、芥川龙之介[3]等人活跃在文坛的时候。那是一个在大地震[4]前，充满唯美惬意、情感过剩、抒情恣意的时代。母亲的少女时期与那段荒诞不经的风潮[5]无缘，而是属于古老东京的那种规规矩矩、一本正经的时代。在那种现在看来可谓道德示范的生活与情感中，唯独放任抒情与感伤肆意迸发。因此理所当然的，母亲与其说是一个文学少女，更像是一个艺术少女。

不过，母亲嫁入的平冈家，却是另一种截然不同的风气。我们整个家族都是严肃的上班族，完全缺乏艺术气息。我父亲的母亲，即我的祖母，生于传统的旗本[6]武士之家，她喜欢美国的无声电影，也喜欢日本歌舞伎艺人，但另一方面，她又竭力保持着现今无法想象的封建式生活与情感。而我的母亲在平冈家，便失去了少女时期

1　竹久梦二：1884—1934年。日本画家、诗人，所作美人画和伤感的诗文曾风靡一时。

2　冈本一平：1886—1948年。日本漫画家、作词家。

3　芥川龙之介：1892—1927年。日本小说家，著有《罗生门》《地狱变》《鼻》等。

4　日本1923年9月1日发生了关东大地震。

5　昭和初期，日本由于社会、文艺界的动乱，产生一股色情、怪奇、荒诞的文化风潮，原文“エログロ·ナンセンス”（即颓废低俗、荒诞不经之意）一词为1930年开始使用的流行语。

6　旗本：日本江户时代直属将军的家臣，有拜谒将军的资格。

的梦想。

这种梦想自然而然便被寄托在了孩子身上。而在祖母的养育之下，身体羸弱的我越发变得敏感细腻，母亲亦越发在我的身上看到了她丢失的梦想的影子。母亲希望我是个天才，并且期待着儿子能替她实现做一个抒情诗人的梦想。事到如今，我可以肯定地说母亲对我的期望是错误的，但我觉得，被人看作是艺术家的苗子，赋予殷切的期待，这似乎是有所必要的。我不是抒情诗人也不是天才，而是作为散文作家逐渐成长起来，但很长时间，我都没能从那个抒情的梦中逃脱出来。大概是我在潜意识里想要迎合母亲，成为她所期望的那种人。因为，我从懂事的时候就开始写诗了，而我的母亲是我写的诗与故事的第一位读者，她为我有如此艺术天赋而感到自豪。

十三岁的时候，我才离开祖母膝下，回到住在涩谷的父母身边一同生活。于是我有生以来的生活中第一次有了弟弟妹妹。不过，虽然难得住在一起，三个人却总是吵个不停。

在那段时间，也就是我十三岁时，在学习院的《辅仁会杂志》上发表了第一部短篇小说。母亲是我的最佳读者。然而随着我的文学热情逐渐高涨，父亲成了我文学道路上公然的敌人。他担心我变成艺术家那样生活无法自理的人。对此，母亲总是明里暗里为我的文学成长提供帮助，因为无论怎样她一直将自己失去的梦想寄托在我的身上。

十五岁的时候，我终于决心要成为一名诗人。于是，托了某人的关系到川路柳虹先生那里，恳请他指导修改我的诗文。川路先生住在下落合，母亲携我前去拜访。我那时穿着学习院的校服，在现在看来完全是稚气未脱的样子，不知深浅地单手抱着写满诗的笔记本。我还莫名记着一件事，就是母亲那天买了李子作为见面礼带去。先生的家是一座小洋房，四周被茂密的树丛包围着。我们被带进客厅，庭院的风将窗帘吹得不停地飘动，川虹先生却迟迟没有出现，我太过紧张，以致膝盖渐渐开始打战。

“镇定一点，要别慌才行啊。”母亲鼓励着我。不久，先生出来了。他态度十分诚恳，接过我递给他的笔记本，快速地看了一遍。先生完全没有当我是个小孩子，而是将我视作已成年的未来诗人，我感到非常高兴。

可是，我最终未能实现成为诗人的愿望。虽然按照先生的指点，我尝试着对自己诗的意境进行过种种改变，但在我体内并不存在真正的独具一格的诗人灵魂。

不过，对同时期创作的小说我却倾注了满腔热情。我写了一篇又一篇，因为我小时候也不运动，放学回家后，除了写作便没有其他爱好了。现在回想起来觉得真是不可思议，那时我写作起来几乎从不推敲，只是任由感性飞扬，肆意创作，所以五十页、一百页的短篇轻而易举便完成了。而我也没有可以投稿发表的目标，就把稿子都放进了书桌的抽屉里。

但这就像是我与母亲合谋而做的一件秘密工作。母亲会阅读我的稿子，并给出诸多意见，而父亲连写都不允许我写。有一次我正在拼命写小说时，父亲突然闯进来，将我写了一半的稿子全部撕碎，扔进了纸篓里。母亲对此强烈抗议，并为我伤心流泪。从大人的角度看，这种场景只不过体现出父母二人对孩子的期待不同罢了，但对一个心灵脆弱的少年而言，这种悲剧性的场面会深深烙印在心中，仿佛就此决定了自己的一生一般。

我按照父亲所说，进入了大学法律系，并且当了一回公务员，可我终究还是走上了作家这条道路。这虽是实现了母亲的愿望，但我却没能成为她所期待的那种大正时代甜蜜浪漫的抒情诗人。我感到自己若不努力在现实与诗的世界之间寻找平衡便无法生存下去。渐渐地，我完全明白了以自己的个性该走什么样的道路。于是，反而是我变得希望母亲能支持我小说创作这个新的偏好。长大后，我才开始意识到自己个性里的真正戏剧化的成分是什么样的。

母亲的性格较为恬淡，在我考上大学和通过高等文官考试时，她都不曾表现得欣喜若狂，最多就是说了句“太好了啊”。她大概很讨厌那类典型的为孩子考上大学或出人头地而盲目狂喜的母亲吧。自从我进入文坛，母亲作为我艺术上的庇护者的一面被世人知晓，她对此未必觉得高兴。对于与我合照并登上杂志这种事，母亲总是难为情地推辞。

母亲喜欢做菜。在我开始有了文学上的交往之后，她的手艺有了用武之地。当我轮番邀请盆栽之树[1]的文学友人到家里来做客时，母亲便大显身手，一展厨艺。她对自己的厨艺很有信心，我也觉得母亲的日本料理做得相当好。

母亲自己不曾写过小说或诗，但是她喜欢看戏曲。现在，我去看戏时也一定会带着她同行。母亲对戏曲的着迷自然是从前代梅幸[2]时期开始，最近的演员中她喜欢歌右卫门[3]。母亲也是个电影迷，她喜欢年轻时的克拉克·盖博[4]，那种迷恋的热情在现在的电影演员

1　盆栽之树：战后日本“战后派”作家团体。

2　尾上梅幸：日本歌舞伎演员历代承袭的艺名。

3　中村歌右卫门：日本歌舞伎演员历代承袭的艺名。

4　克拉克·盖博：1901—1960年。美国电影演员，主演电影《乱世佳人》等。

身上据说是找不到倾注对象的。她至今还珍藏着早已泛黄的年轻时的克拉克·盖博的照片。

直到结婚以前，我与母亲之间就是典型的已长大成人的儿子与母亲的关系，相当坦率没有拘束。母亲也很享受这样的母子关系，依旧阅读我的作品。不过由于我写得太多，她已经无法全部细读了。我想母亲是从已经成为职业作家的儿子身上才了解到艺术家的真正面貌的。与母亲所认知的不同，他们的感性与生活并不是全部都充满着艺术家式的纯洁而又抒情的色彩。随着我逐渐成为一个知名作家，母亲少女时代的梦想在我身上孕育，也在我身上破灭了。

如此，母亲与我一直和睦相处，几乎没怎么吵过架。

今年6月，身为人子，我终于结婚了。我的婚事能够顺利办成，有赖于母亲为我的诸多操劳。对于我年过三十还未成婚，母亲渐觉焦虑，一筹莫展。另外，儿子长时间单身，母亲也觉得难以面对世人。在这一点上，母亲与世间普通女子一样，最终，她还是希望一切都按部就班地进行。于是，在我快三十岁时，她便想尽办法开始劝我结婚。而我也打定了主意，在自己完全有想要成家的意愿之前，绝不结婚。这一辈子，我不打算做任何别人强我所难之事。所以无论父母怎样劝说，我都认为等自己有了结婚的想法时再成婚才好。

过了三十岁之后，逐渐地，我想结婚的愿望也越来越强烈。并且，我以前就考虑过相亲，以这种方式参照身边的情况与所有条件，找到最适合我的女子与之结婚，并得到周围人的祝福。我的父母对此也很赞同。但是，我却一直高不成低不就。由于我的职业是作家，情况比较特殊，所以要定下一门婚事并不容易。由于这一不利条件，母亲似乎承受着普通母亲体会不到的辛苦。

在忙左忙右的这段时间里，我去年夏天去了国外旅游，今年1月回来。随即我便宣告自己打算结婚，可那时对象都还没有确定。正纠结于此的时候，母亲大病了一场。我完全不是因母亲大病才结婚的，可一切都在命运的神奇指引下。正为母亲的大病痊愈而欣喜时，恰巧我的婚事也紧锣密鼓进行得异常顺利。正所谓阳光总在风雨后，人生就是这样柳暗又花明。这一切都不是人为的，我只是顺应了命运的安排。

母亲这两三年因为更年期综合征，身体变得很虚弱，再加上由于甲状腺肿大，肿胀程度越来越严重，我去年不在家期间，肿块就已经相当坚硬了。祸不单行，秋天我父亲生了重病，母亲又因照看父亲积劳成疾，等我回国时，她的身体已经相当虚弱了。大概在今年3月，经亲戚介绍，我们带着母亲到一位著名外科权威那里诊治，结果非常不乐观。那位外科专家诊断说，这有可能是恶性的，必须立即切除。显然，这吓坏了我和父亲，为了慎重起见，我建议再请一位癌症名医诊断一下，确认是不是癌症。于是两天后，我带着母亲前往癌症专家所在的医院。

那是早春一个寒冷阴郁的早晨，我开车载母亲去医院，全程心情都很郁闷沉重。到了医院被领进医生诊室，医生笑眯眯地听着我们自诉病情。然而，等他触摸母亲的喉咙根部时，突然神色大变。他那困惑的表情，连母亲都马上察觉到了。他立即叫来一位助理医生，两人一同为母亲触诊。我听到医生口中冒出了表示危险之意的德语“gefährlich”，我的脸色也变得不好了，我意识到事态恐怕不容乐观。

几分钟后，医生让母亲先离开，留下我听取诊断结果。医生说，这显然就是癌症，只能活几个月了，虽然手术本身有危险，但还是做手术尽量切除癌变部分比较好。医生的话真是给了我可怕的打击。医生和我谈话期间，母亲在走廊等候了很久，我很害怕等我去接她时，看到等待已久的母亲会露出怎样的神情。然而，母亲的面部表情并没有露出丝毫僵硬的样子，反而神色淡定地走进诊室，向医生道了谢。当然，我们不能告诉母亲她病情的严重程度。我很害怕要向母亲隐瞒这样恐怖的秘密。不管怎样，我仍然向她转达了医生的建议，让她立即住院准备手术。于是，第二天我们就办理了住院手续。

之前，我为母亲买好了市立芭蕾舞团的门票，那天打算在母亲住院前带她去看。一想起那天的事，我就觉得脊背发凉。我从医院开车带母亲回了一趟家，到家之后母亲似乎想到了什么，说了句“我去趟美容院”便出门了。趁她离家后，我将医生的诊断如实地告知了父亲，他霎时脸色苍白，方寸大乱。父亲和我做好了一切精神准备决不让母亲知晓她的病情。可当母亲从美容院回来时，个性实诚的父亲完全藏不住他慌乱的神情。

我和母亲决定出门吃晚餐然后去观看芭蕾舞演出，父亲和我商量说他也想随同前去。他说:“这也许是最后一次和你母亲出门吃饭了，我也想一起去。”不过我担心如果父亲也一起去的话，反而会显得很刻意，便说还是我和母亲两人去就好，父亲觉得有道理，便留在了家中。

我和母亲走进田村町的一家中餐厅。我心里憋闷，想多说些话营造气氛，但不管怎样都无法直视母亲的脸。母亲说这是住院前最后一次用餐，点了许多喜欢的菜。我想打起精神来，便拿起啤酒大口大口地喝，如果是平常的话早就醉了，可我当时并没有醉，反倒是眼泪快要夺眶而出，不知如何是好。饭菜上桌后，母亲意外地吃了很多，但我却一口也无法下咽。母亲问我为什么不吃呢，但之后便不再劝我。母亲一定已经知道了真实情况，一想到此，我更加觉得母亲若无其事的样子让人心疼。也许母亲如此是为了给我力量，但我感觉好像有一个黑暗的世界向我逼近，周边用餐人谈笑风生的世界，也仿佛突然离我远去。

按照计划，我们去看了城市芭蕾舞团的演出，但我从未看过那么奇怪的芭蕾舞。舞台上既没有音乐也没有色彩，只有演员像影子一般在飞舞跳跃。我听不到声音也看不见色彩。身旁的母亲很开心能在住院前一天看到期待已久的演出，但我看着舞台，却觉得只能看到一片漆黑的虚空。

从第二天住院到手术之前那段时间，我们大家都深信母亲的病是癌症，每天都沉浸在阴郁的心境里，我现在也忘不了那时的恐惧。

终于到了手术这天早晨，母亲躺在移动病床上被推进了手术室。母亲泰然自若的样子，让我们很惊讶。进手术室时，母亲说着“握下手吧”，便握住了我的手。想必母亲是觉得这场手术可能会发生不测吧。我觉得自己有生以来未曾体验过如此让人害怕的握手。

九点到十一点左右的手术期间，我与姑母、父亲三人在病房里等待。反正手术的结果不会好，我担心父亲受到打击，就让他不要去手术室门口，他也同意了。然后我与姑母二人坐在手术室门口的“安乐椅”上等候。我从未见过如此令人不“安乐”的椅子。我一边想着完了，一边却又萌生出一丝希望，时间就这样一分一秒地过去，简直是非同寻常的缓慢。

突然间，手术室的门打开，戴着白色口罩的主治医生走出来。他一边摘下口罩，一边与护士说话，他的表情意外地淡定。接着，身材高大的医生径直朝一直等在一边的我们走来，取下口罩的嘴角微微笑着。我不可思议地看着他微笑的表情，姑母也立即站起身来，医生说:“应该不是癌症啊，真是太好了呀！”他将我带进显微镜室，给我这个外行人看刚从母亲喉咙中切除的东西。医生对我说:“请看吧，细胞没有损坏吧？这不是癌细胞。”那一瞬间我的喜悦简直无法形容，立即冲回病房告诉父亲，父亲听后也飞一般地奔到手术室门口。

不久，尚在麻醉中还未醒来的母亲躺在移动病床上，被推出了手术室。我不敢看母亲的样子，坐在“安乐椅”上背过身去。父亲也没有勇气看她，从背后抱住我哭了出来，我也跟着哭起来。

在之后的一星期，经过精密检查，直到完全弄清了那不是恶性肿瘤之前，我们心里仍存有一丝不安。那种人生境遇从最坏翻转成最好的惊喜之情，可以彻底改变一个人的人生观。我每天都会去病房，看到母亲日渐康复，实在高兴极了。从那种可怕的不安中被解放出来之后，我才体会到母亲的重要。人生真是奇妙，原本非常不以为意的母子关系，也就这样再次变得更加真切。

从那一刻起，我懂得了母亲对我的人生是多么的重要。

1958年11月发表于《妇人生活·谈话》

作家的儿子

自去年长子出生后，我便时常思虑他的未来，内心会感到惴惴不安。女儿尚好，迟早要嫁作人妇。如幸遇良人，便顺从其夫，从旁辅助其事业。因此，女儿的未来尚有借恃未知外力的种种可能。

然而，一个男孩子，生为作家之子，身处这种特殊的家庭环境中，要教导他懂得何为“社会”，便成了一个问题。大体上，从事“作家”这个职业的人在日本仅属于少数，在这种特殊条件下莫名生出的烦恼便极为缺乏普遍性，所以本不适宜在这里公开地抱怨，但还望诸位能出于共通之“可怜天下父母心”，予以谅解。

未满四岁的长女常常会发问:“为什么爸爸不去公司上班呢？”她对此已经开始感到疑惑了。“父亲在家工作”，这样的家庭，在孩子的世界里已被视为例外了。

不仅如此，我习惯在深更半夜里工作，早晨上床睡觉，过了正午才起床吃早饭，这是我多年保持的习惯。我选择精神最容易集中的时间段来工作，自然而然就形成了这样的作息方式。起床后，接待访客、接听电话，这类事务基本处理完毕后，我便出门参加聚会、运动锻炼或做些戏剧工作之类。然后，直到孩子们酣睡后才回到家中。

在孩子的眼里，这样会显得非常奇怪吧。在他们长大成人理解父亲的工作性质之前，这种奇怪的印象便会根深蒂固。我想小偷的家庭也一定如此。

随着儿子不断成长，他理应将目光投向外界更广阔的社会中去。而家中有个整日闷在书房里的父亲，这种不外向的形象会阻碍他视野的开阔。原本作为一个父亲，应该每天早上走出门去，走向外面的社会。这个社会好比深不可测的大海，那是一片广阔的、充满活力的、尚不允许小孩子踏入的世界。孩子注视着父亲驾着船在大海里渐行渐远，直到帆影逐渐消失不见。……当夜幕降临，渔歌唱晚，父亲满载而归。然而家里没有鱼塘，父亲待在家里却能钓到鱼，在孩子想来，这无论如何都是很奇怪的事。

再长大一些，父亲的生活与父亲在现实社会中不稳定的地位，儿子恐怕会对这两者间微妙的失衡感到困惑吧。虽说小说家的社会地位提高了，收入也有所增加，但这毕竟是无法传给后代的事业。待死后，只有作品留给社会，如果是知名作家，最多就是将作品的残余价值——金钱（本质上，那与作品本身毫无关系），留给子孙。绝不可能像实业家那样，让后代继承家业；也无法像社会上的普通人那样，留给子孙可以沾亲带故、泽被后世的“情面”，或者师徒情谊、上下级之类的裙带关系。作家只靠作品决一胜负，在文坛，“情面”是不管用的，只能自力更生。因此，作家的社会地位只是看上去有所提高，实质仍是有名无实的。另外，作家生前，生活大多都是奢侈浮华的，为了补偿高强度的精神劳动，会比一般人更加追求消遣享受，而看上去是游戏玩乐的东西全都在无意中成为素材运用到了作品当中。但是，如果自己儿子没出息，只看到父亲表面的生活，并且以为自己与那些同样奢侈，但其实财产地位远比自家稳定的实业家的儿子一样，那他便会自欺欺人地贪图享乐吧。他也绝不会想到自己搭乘的是一艘明天就可能沉没的泥船吧。

如果站在父亲的角度考虑儿子的未来，我只希望他无论如何也不要成为一名作家。无论世间的喝彩令人有怎样的愉悦，我也不想让他选择这个一如表演杂技走钢丝般危险的职业。这一职业表面看上去似乎很不错，但只有作家知晓其真正的危险性，而看不出其中危险的人也没有资格当作家。

另一方面，作为父亲，我也有我的偏见。这也是艺术家共有的偏见——容易过高评价世间最平凡的幸福——即便生活困苦、没有出人头地，但作为一个健康的普通人能够享受家庭生活的幸福，简简单单地度过一生。艺术家偏向于对这样的人生倾注过多的梦想。与艺术无缘的朴素平凡的幸福可能被他们过分地理想化了。

尽管我幻想着儿子将来也能得到最平凡的幸福，但他自然会有他自身独特的个性。如果他知道父亲不想自己成为作家，反而会出于逆反心理偏要当个作家也说不定。(至于防止这种事情发生的办法，我只能想到应该强烈建议他“当个作家”。)而且，他如果知道父亲渴望平凡的普通人的幸福，也许会嘲笑这种梦想太过简单平庸吧。这世上没有人能够知足常乐，正因此，社会才得以形成和发展。

实际上，倘若人只有在朝着目标努力的过程中才能获得幸福感，即使那是个虚无缥缈的目标，那么只要不是个过分游手好闲的儿子，他也必定会选择通过学校的学习和考试，参与到残酷的生存竞争当中去。其结果就是长成一副脑袋硕大又面色苍白的样子，这是作为父亲最担心的。现代社会最有效的能力就是智力，这是理所当然的道理。智力、意志力，再加上体力，具备这三者，无论在哪个领域都能如虎添翼。但是，要想均衡发展这三者，有多么的困难，作为父亲，我自身是深有体会的。

就算长个大脑袋，只要能有出息，作为父亲也就满足了。但令人担心的是，身为作家的儿子，对于社会，对于人，他会不会受到父亲的不良影响，成长为一个冷嘲热讽、超凡脱俗的年轻人。父亲身为作家，如此也就罢了，若是社会上的一般人拥有这种世界观就很麻烦了。在各种意义上，我都无法成为儿子的好榜样。不同于父亲在书房里纸上谈兵，儿子必须一个人在社会中生活。而他若是被父亲的只言片语所影响，去逃避那些来自社会的种种烦恼，养成这样的态度面对社会就糟糕了。做父亲的虽然害怕儿子变成放荡子弟，但更为担心的是他成为精神上的浪子。

虽说现代社会的至高能力是智力，但支撑智力的基础，毫无疑问就是健康。一个人无论多么有天分，如果体弱多病，那也是百无一用。此外，身为男子汉，仅仅健康显然还不够，体力是必须具备的。要想拥有身为男人的自觉意识，还需要肉体上的勇气。这也是我自己经过常年思考得出的结论。一个男人，无论从事什么职业，都要有强壮的体魄与力量的自信。因为这个社会并不只是由聪明的精英阶层组成的，面对无知的人，要证明自己的优越，只有依靠肉体的力量和勇气。我的父亲与祖父都不擅长运动，我自己也没有得到过他们的亲自指导，所以我想至少在这一方面，能给予自己的儿子微不足道的馈赠：那就是等儿子长到了适当的年纪，我想亲自教他学习剑道。

这也是因为艺术家的家庭虽然充满着知性、情感，也能让孩子见多识广，但这种氛围并不适合培养男子汉气概。为此，为了儿子我必须弥补这一缺陷。

我有一个原则，那就是无论记者如何请求，我也不会让他们拍摄家人的照片，尤其是孩子们的照片。如果孩子在杂志上看到自己的照片被刊出，就会被刺激出特有的虚荣心，明明没有任何内涵，却以为自己是某种特殊的人。这种影响不断累积，可能会产生不可估量的后果吧。尤其会误导儿子关于社会这一观念的形成。我一向将孩子视为完全拥有独立人格的人来看待，因此从尊重其人格的角度，我也不愿意把他们当作新闻卖点，或让他们成为别人茶余饭后的谈资。

作家的工作场所和家互为一体，导致的另一个难题就是，孩子往往容易被访客们的恭维话给宠坏了。不仅仅是被宠坏，孩子在这种环境中娇生惯养，会让他们在面对那些有家庭、有地位的客人时，也产生错误的印象。他不会察觉到这些客人只是为了工作才甘愿忍受小孩子那些调皮的恶作剧。如果对此放任不管的话，不知不觉中，他会认为冷酷的社会也像甜蜜的糖果一般，最终吃亏的还是他自己。

思前想后，我并未能给儿子提供一个适宜教育的环境，对此我必须向儿子表达我的歉疚。但总是杞人忧天也无济于事，未来终究还是要靠他自身的能力和意志成就。他既然是我的儿子，应该不会为了一点小事就气馁、偏激或一蹶不振吧。至少，这点自信我还是有的。

1963年7月发表于《教育月报》

绣球花影里的母亲

我的母亲名叫平冈倭文重。我本名也姓平冈。可以说从孩提时代起，我是受到母亲的庇护才得以一直专心致力于文学的。我的父亲是一名官员，各方面都很规行矩止，很是反对我的文学志向。但是，母亲却在明里暗里袒护我，并培育了我的文学素养。

我对童年时期的母亲有着种种片段式的记忆，记得母亲以前总是梳着传统的日本发髻。中学时代，我曾将那幼年时的记忆写进了一篇名叫《绣球花》的作文中，这篇作文是模仿泉镜花而作，后来遭到了老师的训斥。我在文中讲述，在院子里的绣球花的花影处，出现了一位梳着日本发髻的美丽女性，起初我认不出她是谁，后来才发现那是我的母亲。我的母亲从年轻时就非常美丽，虽然身为儿子这样说有些不合适，但在学校里我也不由自主地为自己有一位年轻漂亮的母亲而感到骄傲。和同学们的母亲相比，我会有一种“幸灾乐祸”的感觉。

我长年待在祖母身边，是由祖母养大的孩子，因此当我能与母亲一起生活之后，就整天想对母亲撒娇。上小学时，母亲会到学校来接我放学，回家途中，我被强行带去看牙医。不是母亲带我去的时候，我就会反抗，抵触治疗时的疼痛。但若是母亲带我去，我就会老实地跟着前往。看完牙医回家的路上，我要母亲买冰激凌给我吃，我记得那时吃到的冰激凌非常美味。

我逐渐热衷于文学之后，父亲曾怒气冲冲地将我尚未完成的文稿撕碎扔掉，当我从学校回到家发现了被撕毁的稿子，觉得非常伤心时，母亲则用心地安慰了我。

蒂博代[1]也说过："本来文学这种东西，就是从女性的房间里诞生的。"虽说文学归根结底是个人独立的工作，但我认为母亲的那种庇护是必要的。在那期间，母亲瞒着父亲为我做主，请一位有名望的先生看了我写的文章，结果这位先生回复说：

"你的儿子与其写小说，不如当个童话作家更好吧。"

母亲似乎为此很是沮丧。

在关于母亲的记忆中有一个非常清晰鲜明的回忆，那是在昭和二十年（1945年）三月，我接到印在红纸上的征兵入伍通知书的时候。当时，我患了支气管炎，发着四十度的高烧，我就这样抱病接受了入伍体检，但却被误诊为胸膜炎，于是被勒令即日返乡。

离开家的时候，万万没有想到当日就能回家，因此母亲披头散发地哭着在门前送我出家门，而我至今仍能想起母亲送别我时的样子。如果我就那样去了部队，我想，留在母亲脑海里的，也还是一个可爱儿子的印象吧。

战争结束，我大学毕业之后，成为一个文人，此后又开始了同新闻界打交道的纷繁喧扰的生活。母亲身为政府官员的妻子，她的父亲又是一位儒学家，因此她的生活环境一直是严肃规矩的。但同时，母亲的兄弟姐妹们却都爱好游玩，夏季就会去湘南地区避暑，和朋友们一起热闹玩乐，所以在那期间母亲似乎也逐渐对文学、艺术、戏剧等产生了憧憬。于是，母亲在自己循规蹈矩而又质朴的生

1　蒂博代：1874—1936年。法国文学评论家。

活中，将当年内心怀有的梦想寄托在了儿子身上。在母亲对我的庇护里，是可以认定有这种成分的。

我三十来岁的时候结了婚，不过，婚后还是和母亲住在同一宅邸。现在因为有了孙子，她便将从前对儿子的爱全部倾注到了孙子身上，理都不理我了。

她现在的口头禅便是:“孙子比你可爱多了。”

不过，过去的习惯依旧自然而然地保留着，我还是会让母亲阅读我的新作，并且也会陪她去看歌舞伎。

母亲对阅读我的新作总是抱有绝对的自信，她会说:“凡是我说好的作品，一定不会错。”不过，有时也并非如此。

最近，母亲读了我的剧本《萨德侯爵夫人》，评价说:“多么无趣啊！”但是，作品一经上演却大获好评，因此，她不服输地说:“我的评价偶尔也会有不准的时候啊。”

母亲从很早以前身体就不太好，在儿时的记忆里，我总是在担心母亲的健康。来我家拜访的客人里也有神经大条的人曾对我说:

“若是你母亲早早去世了，往后你也要好好地活下去啊！”

这话让少年时候的我十分恐惧。

但是，或许是柔能克刚吧，母亲的身体反而逐渐好了起来。更年期之后愈发地健康，最近她甚至开始做起了家庭法院调解委员的工作，这若放在以前的母亲身上，是万万不可想象的。

近来，母亲逐渐忙于调解委员工作的事务，每天都因为繁忙的日程到处奔走，因此偶尔也会有见不到我的日子。有时即使见了面想要和她说话，她也会被孙子缠住，甚至连和我说话的空闲都没有。

看来母亲的新工作给母亲带来了新的活力，好似在她现在的年纪又开启了第二次人生一样。因为，母亲之前一直以身为官员的妻子不在社会上抛头露面的原则处世，但她现在作为调解委员开始直接地接触社会，我想也许是那些迄今为止她所不知道的事物，为她打开了眼界。她过去曾在简朴单一的官员夫人的生活中满怀对艺术和文学的憧憬，并曾将这憧憬寄托在了自己的儿子身上，但儿子成了缺乏诗意的、无趣的俗人，她自身也在见识了所谓艺术的内里之后，产生了对艺术的幻灭感。同时，在进入人生下半场的时候，她开始接触到了活生生的“人间烟火”，以及各式各样有趣的和暗示人生奥秘的故事。但是母亲也非常认真地恪守职业秘密，并没有提过任何相关的只言片语。她不愿谈及工作上的事，严词拒绝我说：

“小说和戏剧的素材要靠你自己去寻找，我的工作内容，在职业性质上是绝对不能对他人谈起的，所以我是一概不会说的。”

今天，母亲也因为家庭法院的工作，兴冲冲地外出了。

我有时会稍微隔开距离，禁不住微笑地——这样表达，不免有些奇怪——远远地看着母亲，看着她似乎走进了一个时期，在这一时期，她接触到了人生当中最真实的一面。

1967年10月发表于潮文社编辑部编《谈母亲》

译后记

“只有感官才能解救灵魂，正如只有灵魂才能解救感官。”——读懂三岛由纪夫的世界

他的文学给人的印象是典雅、热烈、晦涩的，他的文字给人的感觉是华丽、执着、难解的，他的人生是众口纷纭、莫衷一是的。要理解这样的文学、这样的文字以及这样的文学文字背后的人生，首先要了解“三岛由纪夫”，了解“平冈公威”。

三岛由纪夫原名平冈公威（1925年1月14日—1970年11月25日）。出生于东京的一个高级官吏家庭。父亲是农林部的官员。三岛6岁进入贵族子弟学校——学习院初级班（小学）学习，当年便在校刊《小小樱花》上发表了短歌[1]、俳句[2]。此后直到升入中级班（初中）为止，校刊的每一期都会有三岛写的诗歌、短歌和俳句。升入初中后，除了诗歌，他开始在校刊上发表小说。在初中阶段，三岛

1　短歌：日文五行诗的固定形式，其第一行与第三行各有五个音节，其他各有七个音节。

2　俳句：是日本的一种古典短诗，由“五－七－五”，共十七字音组成；以三句十七音为一首，首句五音，次句七音，末句五音。受“季语”（意会季节的特定词语）的严格限制。俳句是中国古代汉诗的绝句这种诗歌形式经过日本化演变而来。

遇上了终生的恩师——他的文法和作文课的老师清水文雄。十九岁时便开始撰写《平冈公威自传》，高中毕业时，以第一名的优异成绩毕业并被推荐入学东京帝国大学（东京大学）法学系。作为当年毕业生的代表，在毕业典礼上，他获赠天皇亲自颁发的由宫内厅奖励的银表，并接受德国大使赠送的数册德语小说（德语是三岛的第二外语）。在日本投降前夕收到入伍通知，三岛用毛笔写下了遗书，并剪下头发和指甲作为遗物，但因体检不合格，当天即被遣返回家（作者在本书收录的多篇文章中有所提及）。这一年他与友人三谷信的妹妹三谷邦子交往（有指这段经历后来被复制在了《假面的告白》中）。大学毕业后，他在财政部银行局的国民储蓄科任职不到一年时间即递交辞呈，开始了作为一个职业作家的文学创作生涯。读大学法学系，三岛是听从了父亲的安排，为的是日后走上为官之路；能够获得父亲的首肯辞职，也是因为之前发生的一个插曲。在一次上班的途中，由于工作的紧张疲劳和写作的通宵达旦而导致睡眠不足，三岛在东京的涩谷车站不小心从站台跌到了铁轨上。这次事故之后，三岛父亲才不得已放弃了对三岛的仕途人生的规划。

在日本现代文学史上，三岛由纪夫被归类为战后派作家，准确地说，应该从属于第二次战后派。对此，作家本人颇有微词（见本书收录的《从“我们”中逃脱》），因为三岛毕生追求的都是从灵魂的自由到肉体的放飞，这就注定了这个作家的独具一格——不愿与任何他人“为伍”。综观三岛文学不同时期的创作主题和行文风格，与战后派的其他作家相比，的确显得格格不入，可以看出三岛与他者之间明显的个性分化。无论是被称为“第一次战后派”的野间宏、椎名麟三、武田泰淳、梅崎春生、中村真一郎、埴谷雄高，还是继第一次战后派之后登上文坛的大冈升平、堀田善卫、安部公房、岛尾敏雄、井上光晴等第二次战后派，从文学精神到文学内容，若将三岛置于其中似乎都有些牵强。但他作为一个在战后文坛上成长起来的作家，与战后派作家身处的是同一个大时代，他们共同经历了那个时代的瞬息万变和地动山摇。虽然他的作品不似其他战后派作家直接聚焦战争，但是在其美学理念以及生死观的形成上，都可以看出“战争”以及“战后”的浓重投影，因此其作品中体现出的内涵和其他战后派作家笔下的“战争与战后”是息息相关的。

五十年代国际形势的变化给日本经济的复苏带来了重大影响。1949年以来的经济稳定政策的实施导致的经济低迷，也随着朝鲜战争的爆发、军需的刺激以及停战后美国的朝鲜复兴计划而好转。从五十年代后期开始，经济持续发展，迎来了六十年代的经济高速增长期。1964年，高速铁路——新干线开通，奥运会在东京成功举办。以“改造日本列岛”为口号，日本全国范围内从产业的配置到交通的整备，不仅改变了一般国民生活的内容和形态，也改变了家族的构成和城市与乡村的社会结构。

风云突变的国际局势及日本国内社会翻天覆地的万千变化也以不同形态分别映现在了三岛由纪夫以及他所属的第二次战后派作家的作品当中。综观三岛的文学生涯，可以把他的创作大致划分为以下三个时期：

创作初期
——从《文艺文化》出发，初入文坛时期（十六至二十四岁）

早在学习院学习期间，1941年，年仅十六岁的平冈公威就创作了《鲜花盛开的森林》，以三岛由纪夫的笔名发表在杂志《文艺文化》上，在此之前，他热衷于写诗并创作了《彩绘玻璃》等作品，显示了其早熟而过人的文才。在这一时期，他痴迷于阅读法国作家雷蒙·拉迪盖和爱尔兰出身的英国作家、诗人奥斯卡·王尔德的作品，也耽读于唯美主义作家谷崎润一郎。对拉迪盖和王尔德的崇拜，不知是否是因为这一时期的少年三岛从拉迪盖和王尔德身上依稀地分别看到了自己的影子？因为拉迪盖被誉为“二十世纪的天才少年”，而唯美主义艺术运动的倡导者王尔德在十九世纪末的维多利亚女王时代，被斥责为一个道德败坏者（当时尚未诞生“同性恋”这个名词），并因此而陷入牢狱之灾直至最终走向毁灭。另一方面谷崎润一郎的艺术至上主义的、恶魔主义的、独特畸变的美学世界，给少年三岛带来的震撼以及对他日后的美学世界的建构应该也起到了不容忽视的作用。

在这一时期，三岛开始接触校外的文学圈子，第一次步入文学的“社会”（详见本书收录的《我的文学之旅》）。《文艺文化》这本杂志是由日本文学研究者斋藤清卫门下的弟子莲田善明、栗山理一、池田勉等日本浪漫派作家和学者主办的，三岛也由此开始接受了日本浪漫派的影响。要想深入理解三岛文学的浪漫特质、美学思想以及在创作后期其作品所体现出的国家主义、民族主义色彩，特别是三岛本人最终选择以死践行自我信念的极端行为，那就有必要先了解一下日本浪漫派。

日本浪漫派的名称由来于杂志《日本浪漫派》，这一杂志创刊于二十世纪三十年代。彼时的日本文坛正处于“文艺复兴时期”。三十年代，日本当局的镇压使无产阶级文学运动迅速瓦解，1934年2月，无产阶级作家同盟解散。无产阶级文学退潮以后，长期以来由于前者的强势发展和反传统的现代主义风潮的兴盛，在二者的夹击之下，被逼退到文坛角落里的传统文学的老作家们相继复出，从昭和初年到昭和十年代期间，老作家的创作活动空前活跃。如德田秋声、永井荷风等大家发表的作品都以市井风俗、人情爱欲为内容，表现了不迎合时局的立场。谷崎润一郎、岛崎藤村和志贺直哉在这一时期创作的系列作品则表现出了对日本传统美的回归倾向。这一时期文坛整体“怀旧”的回潮使“日本传统”这一观念深深根植于少年三岛心中。

对传统文学的重新认识和对日本古典的复归，带来了纯文学“复兴”的机运。这一时期被称为“文艺复兴”时期。文艺复兴时期正值三岛的少年时期，对于自幼喜爱文学、手不释卷的三岛来说，可谓如沐春风、若临秋水，使他徜徉书海，乐此不疲。

这一时期，各类纯文学和商业性质的文学杂志纷纷创刊。1933年10月，小林秀雄、川端康成、武田麟太郎、深田久弥、林房雄、宇野浩二、广津和郎和丰岛与志雄八位作家、评论家共同创办了同人杂志《文学界》(1933—1944),《文学界》的创刊是拉开这场文艺复兴帷幕的序曲，为促进文艺复兴做出了贡献。特别不可忽视的是该刊物对文学新人的扶植，这一时期新人作家阿部知二、冈本佳野子、北条民雄、太宰治和伊藤永之介等都有作品在《文学界》上刊出。在文学评论方面，小林秀雄、中村光夫以及舟桥圣一等在文坛内外也颇具影响力。《文学界》的成功催生了《日本浪漫派》。

其后以亀井胜一郎、中谷孝雄和保田与重郎等为核心的作家们创办了《日本浪漫派》(1935—1938)。日本浪漫派提出的回归日本民族之美、回归传统的主张给当时的年轻一代带来极大影响。该杂志的刊首语充满了豪迈气概，“我们高昂时代的青春，为清除低俗流行的文学，弘扬艺术家高尚之作为，要挺身前行而不左顾右盼”。

三岛一方面接受了日本浪漫派唯美的、回归古典的浪漫主义特征的影响，另一方面也接受了其民族主义和国家主义思想的浸染。

前者表现在作者早期作品对美词丽句和文体装饰的追求上，而后者则最终让三岛走上了不归之路。

战后初期，在川端康成的力荐之下，三岛登上文坛，以短篇《烟草》崭露头角，取得了文坛的通行证。《海角的故事》(1946年)、《夜晚的准备》(1947年)、《字头》(1948年)、《群魔走过》(1949年)等接受唯美主义影响的一系列短篇小说都发表在这一时期。这些作品充满着唯美的、浪漫主义的气息，辞藻华丽、文体铺张，作品整体执着于对美学的追求。十九岁便出版了以处女作《鲜花盛开的森林》命名的短篇小说集，二十岁迎来了日本的战败，使三岛一直期待的源自他美学理念中的“美丽夭折”从此化为沤浮泡影。对他来说，“战后”是进入了一个“不吉利的时代”。其后，对文学的热爱，让他辞去了国家公职，开始专心于文学创作。

创作中期
——轰轰烈烈的叱咤文坛时期（二十四至四十岁）

长篇小说《假面的告白》(1949年)使他得到了文坛的广泛认可。《假面的告白》既是确立三岛在文坛地位的一部作品，也是三岛竭尽心力大胆剖析自己内心世界、披露个人性取向的一部自传性作品。无论是写作方法还是作品的主题都堪称三岛文学的代表作。在三岛的小说群中，有两部作品是解读三岛之必读，《假面的告白》便是其中之一。了解这部作品的内容，对加深理解本书收录的散文所体现出的作家本人的精神世界之成因多有裨益。

《假面的告白》描写了出身于上流社会的主人公自幼年时期到青年时期的倒错的性爱——对同性的爱恋。主人公自幼便被同性健壮的体魄所吸引，他在内心对自己这种不同寻常的性取向感到疑惑、不安和自卑、自责，他已习惯在日常中扮演着另外一个“正常”的自己，宛如戴着一副假面具。战争时期虽然一度应征，但是不待入伍，当天即被遣返还乡。心底暗藏的对死亡的期待与绝望交织在一起。与朋友的妹妹园子的相识使他第一次感到了女性之美，尽管如此却依然感受不到那种对异性的渴望。在他像尽义务般吻过园子后他彻底对自己绝望了。在园子的爱面前，他退缩了。战争结束后，园子另嫁他人（在本书收录的《从末日感启程——昭和二十年（1945年）的自画像》一文中，作者也回忆了相似的桥段）。与园子再次相遇时，他深知自己对园子的爱不过只是罩在假面之下的演技的一部分，虽然他想要把这种爱当作真实的爱，但在园子面前他感到无力。夏日的某一天，他与园子来到舞厅，因为看到一个青年男性半裸的、野性魁伟的身体而陶醉在幻想之中，完全忘记了身边园子的存在——故事在这里结束。

这部作品中的主人公身上，很大程度重叠着作者的影子，二者的经历极其相似。三岛自幼便随祖母生活（详见本书收录的《谈谈母亲——我的最佳读者》），因担心瘦弱的三岛被淘气的男孩伤及，他的玩伴被严厉的祖母限定在女孩以及女佣的范围，不能随意外出与同年龄段的男孩玩耍。祖母因坐骨神经痛常年卧床，时常因剧烈疼痛而有间歇性歇斯底里发作。幼年的三岛被保护在厚厚的毫无同性色彩的城墙之内，形成了敏感纤细而过度压抑的性格。这段成长经历是否导致了青春期后的三岛在性别认知心理上走向个性化不得而知，但他缺失了男孩子本应享有的鸠车竹马、弄鬼掉猴的童年。

这种缺失毋庸置疑改变了成年后的三岛的人生走向，导致他半生都在厌恶自己固有的与生俱来的“个性”“感性”和“特殊性”，在痛苦中不遗余力地去寻求与他人的“共性”“理性”和“普遍性”，并且只有当他千辛万苦寻得了那“共性”“理性”和“普遍性”时，他才倍感欣慰（详见本书收录的《太阳与铁》）。因此《假面的告白》具有半自传的性质。三岛曾这样诠释自己的这部作品：“这本书是一份遗书。我想把它留在我以前住过的那片死的领地里。对我来说，写这本书是一种倒过来的自杀。‘跳崖自杀’这个镜头在电影胶带上如果倒转的话，就是自杀者以飞快的速度从谷底跳回悬崖上重新复活再生。通过写这本书，我想尝试的就是那种回生之术。”

想寻求“死而复生”是作者创作这部作品的初衷。作品从同性恋这个主题出发，描写了一个青年忧郁暗淡而又率真透明的青春时光。文中充满的警句箴言和华丽细腻的文体凸显了作者的创作风格。同时也可以看到作者抽象思维能力的发挥。“性”，作为人性的一部分，在战后是集中来自多种视角的、备受关注的重要课题之一。三岛是第一个大胆触及“同性恋”之性与情的日本作家，为色彩斑斓的战后文学平添了一笔异色。不容忽视的是，虽然《假面的告白》问世的二十世纪中叶已远非据当时半个世纪之遥的王尔德时代，但同性恋在社会普罗大众的一般认知里，是仍旧被视为“异端”的。而在这暴露异端的背后，是作家准备赴汤蹈火的勇气。

其后三岛又陆续发表了同类作品《爱的饥渴》（1950年）、社会题材小说《青色时代》（1950年）、同性恋题材的两部曲《禁欲》（1951年）和《秘乐》（1952年）、健康明快的恋爱故事《潮骚》（1954年）等作品。三岛曾在1951年出发做环球旅行（详见本书收录的《我的文学之旅》），在游历了北美、南美、巴黎、伦敦、希腊和罗马后于转年回国。这次游历使作家在心中充满了对古希腊世界的憧憬和幻想。《潮骚》便是这样一部描写了作者心中理想的青春牧歌式的作品，其中充满着对大海、阳光和男性健康体魄的赞美，看不到现代人心中的苦恼与绝望。这部作品获得了第一届新潮社文学奖。

这一时期也是三岛的丰产时期。除小说创作之外，三岛还广泛涉猎戏剧、评论等领域，显示了其多样的才华。个人生活方面，三岛也回归世人眼中的“正轨”，经过相亲成功结婚（详见本书收录的《我的相亲结婚》）。不过与三岛的回忆略有出入的是，据坊间流传的一般说法，媒妁之人不是三岛所说的家中世交，而是川端康成。生活中的三岛酷爱剑道、拳击、骑马与健美运动，还主演电影、话剧，喜欢穿花衬衫，对个人形象异常注重（在本书收录的多篇文章中作者都有所提及）。在离世前，还被美国杂志《时尚先生》在当年4月号的“全世界最重要百人榜”栏目中介绍。这一切与世间以往对普通文人蜗居书房书写天下、蓬头垢面不修边幅的刻板印象大相径庭，三岛因而时常成为媒体追逐、议论的对象。这令人联想起十九世纪的在伦敦社交界已经小有名气的王尔德，服装惹眼、谈吐机智、特立独行，时常被一些杂志簇拥着，宛如众星捧月。

凸显三岛自身美学思想的代表作《金阁寺》（1956年）是除《假面的告白》之外的另一部必读小说。

《金阁寺》是以发生在1950年7月的、寺僧放火焚烧金阁寺的真实事件为题材创作的。作品采取了主人公（犯人）以第一人称独白的形式。出生在寺院里的主人公自幼听父亲讲述金阁寺，在幼小的心底里就描绘着金阁的美丽画卷，并将个人幻梦寄托其上。口吃的缺陷将他与他内心以外的世界隔开，加之初恋的受挫等都形成了他孤僻的性格。父亲死后，他入住金阁寺为僧。战争后期他曾盼望金阁在轰炸中燃烧掉，因为他相信美的金阁与丑的自己，这一形成鲜明对照的二者只有在战火的毁灭中会得到共生，金阁的毁灭对他来说将是一种解脱。但随着战败，这一幻想化为泡影。身份的卑微、自身的缺陷带给了主人公与生俱来的自卑感，金阁的美使主人公每每自惭形秽，这种相形见绌使他在试图体验人生时感到力不从心，金阁成为他心中挥之不去的巨大妨碍。自幼在心中被理想化的金阁和现实中的金阁在他心中形成巨大的反差。对佛规的触犯使他被驱逐出金阁寺，金阁使他对一切产生了幻灭感，于是他决意纵火焚烧，对金阁——这一心中“美的象征”进行报复。美到极致即是幻灭（详见本书收录的《太阳与铁》）——这部作品也表达了作者在多部作品中对美和人生抱有的此类虚无主义的观点。作品中不仅贯穿了作家本人的美学理念，也借主人公的缺陷影射了由自身的性取向这一作家自认的“缺陷”带来的自卑感。

《金阁寺》被称为战后文学中的纪念碑式的作品，1957年获得了读卖文学奖。以这部作品为开端，三岛的创作逐渐偏离了古典主义倾向，显示出绝对的美学风格。《镜子之家》（1959年）和《宴之后》（1960年）都是这个系列的代表作，《兽之嬉戏》（1961年）、《美丽的星星》（1962年）、《午后曳航》（1963年）等作品也都引起了文坛的瞩目。

创作后期
——向死亡倾斜的时期（四十至四十五岁）

自短篇小说《忧国》（1961年）之后，三岛的作品开始向国家主义、民族主义的倾向发展。《忧国》和《英灵之声》（1966年）都表现出了极端的民族主义。在《忧国》中，作者把参加1936年“二·二六”事件的法西斯分子美化成英雄。1967年，三岛临时加入自卫队，体验了短期的军旅生活（详见本书收录的《太阳与铁》），并撰文《我的亡友希特勒》。1968年，他发表了主张天皇专制、期望“天皇制”复活的评论《文化防卫论》。其时，世界“革命”在各国风起云涌，这一年他与怀有相同志向的学生一起结成了民间防卫团体“盾之会”，他让会员们身着他亲自设计的准军队制服面对媒体，该组织主张振兴日本军队、强化日本国家防卫，这一时期，三岛已经开始沿着极端的国家主义道路一路狂奔。三岛期待为了日本的“民族之魂”，自己有朝一日能在伟大的战斗中壮烈牺牲。

终于于1970年11月25日，在完成了由四部曲《春之雪》《奔马》《拂晓的寺院》和《天人五衰》组成的长篇巨著《丰饶之海》之后，三岛与“盾之会”成员一起闯入自卫队驻地，在呼吁日本自卫队崛起、修改和平宪法，却没有得到响应的情形下，最终剖腹自杀。《丰饶之海》充满着生命救赎和转生转世的主题。三岛把这部书稿的最后一卷在当天交给了出版社。可见，三岛早已为死亡做好了准备。

三岛除了是一个才华横溢的小说家之外，还是一个颇具影响力的剧作家。从处女作《火宅》（1948年）开始，他陆续创作了一系列脍炙人口的戏剧作品，如充满了悲剧色彩的《至高无上》（1952年）、以巴西为背景的《白蚁之穴》、体现了爱与背叛的《鹿鸣馆》（1956年）、美好浪漫的《蔷薇和海盗》（1958年）、描写了复杂纠葛的《热带树》、论证了人性与命运的《十日之菊》（1961年），等等。其中，《白蚁之穴》于1955年获得了岸田戏剧奖。他的戏剧创作才华在《萨得侯爵夫人》（1965年）中得到了淋漓尽致的发挥。将传统戏曲——能乐与近代戏剧的手法加以统一的《近代能乐集》（1956年）、歌舞伎《弓月奇谈》(1969年)都发挥了他在戏曲创作上的才能。

在三岛文学的前期创作中始终贯穿着两大主题，即唯美的浪漫主义与古典的虚无主义。在他的早期创作中，对官能主义的追求和传统意义上的审美情趣令人联想到谷崎润一郎和川端康成的创作思想。性、肉体、美、青春、血、死亡等内容不断重复在这些作品当中，并逐渐被后期创作中的国家主义、民族主义所代替，但始终如一的是他独特的美学思想。作为战后派作家中的一个特例，三岛没有亲历战场的体验。但是因为在战争时期度过了青少年时代，因此在三岛的心中，对于死亡——这个与战争紧密相连的生命的最终归宿，始终怀有独特而执拗的信念，即死亡是一种美丽的、必然的终点。在二十岁还没有经历这种“壮烈的死”就迎来了战败的三岛难以摆脱这种“挫折感”，这种“挫折感”伴随了三岛短暂的一生。即便战后自由民主时代的到来也丝毫没能影响他对现实社会的扭曲认知，也丝毫没能动摇他对旧有的日本精神风土的眷恋和追求，反而加重了战败带来的失落感。对于在战争环境中长大的三岛来说，“战争”已经变成了成长的烙印，深深烙刻在了生命里，而不是抹之即去的印章。“和平”反而是三岛最不能够忍受的(详见本书收录的《太阳与铁》)，和平在依然充斥着“战争”的感官世界里是脆弱的、不确定的、转瞬即逝的。

“鲜血”“死亡”“倒错”“矛盾”等要素构成了三岛的美学世界。而这种美学世界是颓废的，具有破坏性的。在他的美学理念里，“美”只有在被破坏的瞬间才是“最美”。

这种“另类”的表现与他自幼的家庭环境和成长经历不无关系。武家风格的教育在他的性格中形成了武士的唯我独尊的一面，同时在贵族子弟的聚集地——学习院学习的初高中时代培养起来的贵族趣味和天皇制观念在日后都推动了他的思想朝着极端化的方向发展。1966年，他亲自将自己的作品《忧国》（1965年）改编成同名电影，实为罕见地集原作、改编、导演、主演等身份于一身。在片中他扮演的就是一个如若违背天皇的旨意毋宁去死的效忠天皇的将校。这部作品的内容也一直被认为是三岛为数年后煽动“兵谏”所做的计划书。虽然三岛一方面把天皇制的重要性提升到象征日本传统文化能否存续的这一极致高度，但另一方面对裕仁天皇又进行了大胆的批判，认为是裕仁天皇在战时默许了军部在纳粹的影响之下带领日本走上了极端的法西斯主义战争之路。为此，他的此类言行被视作对天皇的亵渎，多次遭到极右翼团体的警告，险些引来杀身之祸，他也不得不成为警察的保护对象。一边批判法西斯军国主义，一边诟病战后的和平宪法。一边是对战时群体性朝拜“太阳”的排斥，对战时谎言与虚伪的讥讽（详见本书收录的《从“我们”中逃脱》《太阳与铁》），一边又是对战后民主的抵触。如此，三岛作为一个聚集多个焦点于一身的作家，其自身就是一个复杂的多面体。

三岛是一个勤奋且多产的作家，烈日寒铁，笔耕不辍。他一生共著有二十余部长篇小说、八十余部短篇小说、三十余部戏曲及戏剧作品，获得过各类文学奖项。他的很多作品或被改编成电影，或被搬上舞台。除此之外还留下了大量的散文精品。在日本作家中，三岛当属在世界范围内卓有影响的作家之一，曾三次（亦说两次）被提名为诺贝尔文学奖候选人，其作品先后被翻译成三十多种语言和文字出版发行。《假面的告白》和《金阁寺》等作品为三岛赢得了众多的海外读者，甚至被称为“日本的海明威”。他横亘古今的文学修养和独具一格的文学表现手法为三岛文学的世界性广泛传播奠定了坚实的基础。除了多次的海外漫游，成名后的三岛与西方世界也多有互动，曾多次应邀赴欧美演讲，由此可见西方世界对其文学价值的认可。

他所崇尚的“武士道”精神使生活中的三岛对文武两道身体力行，对肌肉美体追求不懈。因热衷健美而练就的胸肌，不仅是作家本人的自豪（详见本书收录的《太阳与铁》），也给这个作家添加了一种偶像式的色彩，形成了几近固定的“三岛印象”。三岛离世的两周前，在东京池袋的东武百货大厦的展览厅举办了为期近一周的“三岛由纪夫展”，出现了每日万人观展的盛况。

三岛在留给这个世界的最后文字中，这样写道：

> 我对今后的日本无法怀有什么希望。如此下去，“日本”迟早会消失，这种感觉日渐强烈。日本消失了，取而代之的是位于远东一角的一个无机的、空洞的、中立的、颜色模糊的、富裕的、处世精明的经济大国吧。即使这样也有人认为是无所谓的，而我对这样的人是嗤之以鼻的。

复杂莫过于三岛！从他的精神追求到他的生活形态，以及最终向这个世界决绝的告别方式，凡此种种都使这个作家始终伴随着毁誉参半的诸多争议。要读懂这样的三岛由纪夫，仅仅阅读他的小说无异于杯水车薪。本书收录的十四篇散文，涵盖了三岛从精神世界到肉体存在、从文学创作到个人生活的实录，能帮助我们解读“三岛由纪夫”，解读“三岛文学”。

本书帮我们读懂三岛的亲情，对母亲的挚爱之情（《谈谈母亲——我的最佳读者》《绣球花影里的母亲》），对子女的舐犊之情（《作家的儿子》）；读懂三岛的婚姻（《作家与婚姻》《我的相亲结婚》）；读懂三岛的文学，他的文学历程（《记以学生身份创作了小说》《我青春漫游的时代》）、他的文学感悟与文学自我剖析（《我的文学》《我的创作方法》）；他的自画像（《我的脸》《十八岁和三十四岁的肖像画》《从末日感启程——昭和二十年（1945年）的自画像》）；他的特立独行（《从“我们”中逃脱》）；并最终读懂他的内省、他的呐喊、他的自白与他的思想之集大成（《太阳与铁》）。

在这些散文中，我们还会看到日本文坛那些耳熟能详、从明治到大正再到昭和时代的文学巨匠，永井荷风、川端康成、太宰治……栩栩如生地跃然于三岛笔下而呼之欲出，那种诙谐的写实令人不禁会心微笑。

行文至此，喟然叹息。三岛少年时期崇拜王尔德，三岛文学中呈现的生死、美丑、善恶、明暗、振奋与颓废、年轻与衰老等诸如此类的观念性命题之间形成的强烈反差，恰似王尔德式的二律背反的矛盾冲突。而王尔德曾经这样说过，“生活里有两种悲剧：一种是没有得到我们想要的，另外一种是得到了。”这个典型的王尔德式的悖论验证了三岛短暂生涯的悲剧性所在。三岛的悲剧在于终归没有得到他想要的——狭隘的民族主义的传统复归；三岛的悲剧也在于终于得到了他想要的——倾其一生追求的美的极致——死亡。

在国内，对三岛由纪夫的译介分为以下四个阶段：

二十世纪七十年代。对三岛的翻译出版是仅供“内部发行”的，是用于批判其尊皇思想、国家主义思想及其武士道精神的“反面资料”。最早被翻译的是《丰饶之海》和《忧国》两部作品。三岛也被定位为“日本反动作家”，他的作品被概括为“右翼法西斯”“军国主义”的代表作。

二十世纪八十年代。随着改革开放，外国文学作品的译介开始活跃起来，八十年代中期以后，三岛的作品也作为一般读物开始被公开介绍给读者。这一时期，最初的译介作品是《春雪》。其后，除了1987年出版的《爱的饥渴》仍属于内部发行范围，其他译本都面向了全社会的读者。与七十年代相比，实现了质与量的跨越。

二十世纪九十年代。"三岛由纪夫作品集"和"三岛由纪夫文学系列"的相继出版发行开创了三岛文学在中国传播发展的历史性突破。特别是1995年、1999年和2011年，对三岛文学的译介出现了井喷的态势。这些系列译本不仅添附了三岛的照片，在作者简介中，也已经把三岛定位为与法国意识流作家马塞尔·普鲁斯特、爱尔兰作家詹姆斯·乔伊斯、德国作家保尔·托马斯·曼齐名的二十世纪四大代表作家之一。

从二十世纪中期一直到进入二十一世纪之后，三岛的代表作不断被收录进世界文学名著的现当代系列中。

综观中国数十年间对三岛的译介历程，得以见到逐渐开放的中国社会整体的发展趋向，那就是对五彩斑斓的世界文化的兼容并包以及对文学价值与作家价值观的一分为二。

迄今为止，对三岛的译介多以小说为主。相信本书收录的散文会为读者打开深入了解三岛由纪夫以及三岛文学的一扇新门。

2020年盛夏

译者于三余书屋

太阳与铁

产品经理｜张　幸　　装帧设计｜何月婷

技术编辑｜白咏明　　责任印制｜梁拥军

监　　制｜何　娜　　策 划 人｜吴　畏

图书在版编目（CIP）数据

太阳与铁 /（日）三岛由纪夫著 ; 吴艳译. -- 天津: 天津人民出版社, 2021.1

ISBN 978-7-201-16946-0

Ⅰ. ①太… Ⅱ. ①三… ②吴… Ⅲ. ①散文集－日本－现代 Ⅳ. ①I313.65

中国版本图书馆CIP数据核字（2020）第250455号

太阳与铁

TAIYANG YU TIE

出　　版　天津人民出版社
出 版 人　刘　庆
地　　址　天津市和平区西康路35号康岳大厦
邮政编码　300051
邮购电话　022-23332469
电子信箱　reader@tjrmcbs.com

责任编辑　王　琤
产品经理　张　幸
特约编辑　康嘉瑄
装帧设计　何月婷

制版印刷　河北鹏润印刷有限公司
经　　销　新华书店
发　　行　果麦文化传媒股份有限公司
开　　本　880毫米 ×1230毫米　1/32
印　　张　7.25
印　　数　1-7,000
字　　数　130千字
版次印次　2021年1月第1版　2021年1月第1次印刷
定　　价　45.00元